薄幸な公爵令嬢(病弱)に、残りの人生を託されまして

前世が筋肉喪女なので、皇子さまの求愛には気づけません!?

夕鷺かのう

ビーズログ文庫

イラスト／南々瀬なつ

Contents

クレハ・メイベル
『立てば卒倒、座れば目眩、
歩く姿は死に損ない』
と揶揄されるほどの病弱な公爵令嬢。
毒を盛られたため、最後の力を振り絞り、
強靭な魂を持つ呉葉を召喚した。
鳴鐘呉葉（なるかねくれは）
29歳脳筋OL。武術全般なんでもござれの
鳴鐘道場師範代。弟・優希の結婚式を
心待ちにしていたがあえなく死亡。
クレハに転生し、病弱な武闘派令嬢として
人生第二の幕が開く……!?
前世が筋肉喪女
なので、皇子さまの求愛には
気づけません!?
薄幸な公爵令嬢（病弱）に、
残りの人生を
託されまして
キャラクター紹介

テオバルト・メイベル
メイベル公爵家の若き当主。
エーメ国王の側近も務めるほどの
逸材だが、重度のシスコン。
イザークとは幼馴染みで仲がいい。
イザーク・ナジェド
ハイダラ帝国から遊学中の第二皇子。
政争回避のために13歳の時に自ら
人質に名乗り出た。偶然見かけた
クレハの鮮やかな武術に圧倒されつつ、
彼女の中身の入れ替わりに気づく。

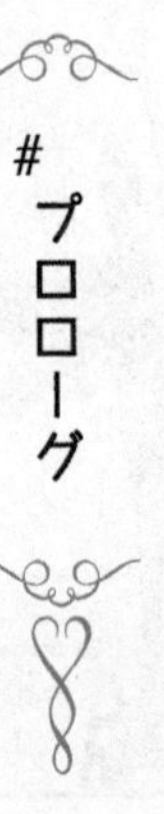

#プローグ

『立てば卒倒、座れば目眩、歩く姿は死に損ない』

それがわたくし、——クレハ・メイベルへの、世間でのもっぱらの評価だった。

無理もない。

魂と精神と肉体との均衡がものを言うこの世界で、わたくしの肉体は脆すぎた。図らずも魂に宿した強大な魔力を受け留めきれず、絶え間なく命をぼろぼろとこぼれ落としてしまうくらいには。

呼吸をすれば肺が軋んだし、歩けばふらついたし、まず走ったことなんて一度もない。それどころか、家から出たことすらも。

病弱すぎて、他家に嫁いで子を産み、血をつなぐ使命を果たすことも到底難しい。名門メイベル公爵家の恥さらしと後ろ指をさされる日々。それでも十六歳まで成長できたら御の字と、諦めまじりで生きてきたけれど。

今、——その十六の誕生日を目前にして、わたくしの命は潰えようとしている。

「誰か……」

苦しい。気管支に空気がガリガリと爪を立てるような、呼吸とも呼べない呼吸。暴れ狂うようにひっきりなしに脈打つ心臓。

仰向けにベッドに臥せたまま、胸の上で震える両手を組み。わたくしはもう間もなく、この魂と精神とが、肉体を離れてしまうことを悟った。

「……お願い」

だからわたくしは強く願う。

身体が耐えきれずに壊れてしまうが故に、使ったが『最期』と言われてきた自分の魔力を、今こそ使おう。

――お願い。誰か。

この魔力を使いこなせるほど、強靱に鍛え上げられ、洗練された魂を持つ誰か。

どうかどうか。

声が届いたならば、わたくしの代わりに、『クレハ・メイベル』として生きてください。

「オレが一生結婚できなかったら、鳴鐘センパイのせいですからね」

弊社エレベーターは、昼休み開始と同時に、外ランチが日課の社員たちで満員になる。

ドアの閉まる直前、シュッと猫のごとき俊敏さで背中に張りついてきた年下の後輩が、ひどく思い詰めた顔をして「あの、鳴鐘センパイ。ちょっと顔貸してもらっていいっすか」と誘ってきたのでホイホイついていったら、開口一番聞かされた台詞がこれだった。

言われた方は、なんのこっちゃの極みである。

「……ホー？」

面食らったままでも仕方がないので、鳴鐘センパイ――改め本名・鳴鐘呉葉は、なんともいえない返事をしたのち、正面のソファに座る後輩へと身を乗り出した。

「えーっと？　意味がわかるように理由を聞かせてもらえる？」

ちなみにここがどこかといえば、会社の最寄りの某有名コーヒーチェーンだ。

慣れた調子で「なんちゃらかんちゃらほんわかぱっぱのへのかっぱカッフェ・グラニー

タ」と得体の知れぬ呪文を唱えた後輩は、召喚されたホイップクリーム特盛の巨大プラスチックカップを、うつろな眼差しで眺めている。

一方の呉葉は、どれも同じに見えるメニュー表に目を回したあげく、「何か、豆乳入ってるのを……」と素人丸出しの注文をして、レジのお姉さんに「低脂肪ソイカフェラテでよろしかったでしょうかぁ！」と翻訳されてしまった身である。なんか知らんがそれでお願いします。迷った時はプロテイン入ってそうなものを頼めば間違いない。呉葉の持論だ。

「……オレ昨日、彼女にフラれました」

ややあって、こちらの問いに対し、後輩は少女のように頬をぷくっとさせて唇を尖らせた。呉葉ももう二十九だから人のことをとやかく言えないが、二十代半ばの野郎にこんな仕草をされても反応に困る。

「……はあ、えっと……それは……ご愁傷さまで……？」

「ご愁傷さまってセンパイ！　他人事みたいに！」

「この上なく他人事だからね」

「わかってないならはっきり言っときますけど？　オレがフラれたの、確実に鳴鐘センパイが原因だと思います。だって彼女、別れ際の捨て台詞が『あんたが万が一にも鳴鐘さんよりかっこよくて頼りがいのあるイケメンになったら復縁を考えなくもない』ですし」

白いクリームの山を、親の仇のごとくザクザクとスプーンで突き崩し、後輩は唸った。

「あのね田中くん？　私も逆に言わせてもらうけど、それってほんとのところはさ」

　豆乳入りコーヒーを傾けつつ、返す呉葉の方は、思わず半眼になる。

「彼女さんがここしばらく悪質なストーカーに悩まされてるって聞いて『オレが守ってやる』って意気込んだきみが相手を待ち伏せしたら、プロレスラーみたいな大男が出てきたもんで、ビビってその場に彼女さん置いて逃げ出したところに間一髪私が駆けつけて、きみの代わりにストーカー締め上げて警察に突き出したから、だったりしない？」

　ついでにもうちょっと突っ込ませてもらえるなら、この後輩ときたら、非常時に一一〇番ではなく何故か真っ先に呉葉のスマホを鳴らしてきた。「センパイ助けてくださいぃ！オレの彼女が殺されますぅ！」と悲壮な声で泣きつかれ、休日出勤中だった呉葉は、一も二もなく会社を飛び出し、タクシーで現場に乗りつけた。そのまま後部座席からまろび出る勢いでストーカーをブチのめした次第である。

（その間、田中くんは交番に駆け込むでもなく、ただ近くで震えていただけだよね？　しかも彼女さんと私、その時に初対面だったよね？　感謝されこそすれ、責められる謂れはないと思うのだけども）

　続きは優しさで伏せたものの、果たして図星だったらしく、後輩田中はわっと大仰にテーブルに突っ伏して泣き崩れた。

「そうですよ！　そのとおりですよ！　悪かったですね！　どうせとんだ無策無謀のチキ

ン野郎ですよオレは！」

「まあ普通は警察に通報が先だわね」

「だってあんなゴツい大男、並の警察官だと倒せなかったかもしれないけど、そこんとこ鳴鐘センパイなら心配いらないじゃないですか。逆にうっかりストーカーのこと殺さないように注意が要るかもですけど」

「……あんたは私をなんだと……。いや、そもそもね？　ちゃんと彼女さんの安全を確保できずに先走るのは蛮勇ってもんよ。あと特に請求する気はなかったけど、そんな恩知らずな態度ならあの時のタクシー代返せ。千二百円」

「淡々と正論で抉ってくんのやめてくださいよぉ！」

ジト目で睨みつけたのち、後輩はおどろおどろしく声を低め、嫌な事実を告げてきた。

「まー鳴鐘センパイ本人は知らないかもしんないですけど？　うちの会社、『鳴鐘呉葉に彼女を寝取られた被害者の会』あるんですからね。あちこちで相当恨み買ってますよ。オレもこの度めでたくメンバー入りしました」

「いや不名誉な連合作んのやめてくれる⁉　すぐ解散してよ！　誰も寝取ってないし！　そもそも――私、女だし‼」

「そうですね。身長百八十センチオーバーで？　下手な男なんかよりよっぽどガチンコ強くて？　むしろ入社前は北海道でヒグマの生肉食い散らかして暮らしてた噂とか、某国で軍の特殊部隊員やってた疑惑があって」

「何それ初耳ですが！　どっちもやったことないし！」

泡を食って否定したのち、呉葉は「あ、でも」と視線を泳がせる。

（確かに、腕っぷしに関しては……うち、実戦向きの総合武術道場やってるし。おまけに私、現役の師範代だし。普通の同年代女性よりは、多少、そこそこ……えー、だいぶかなり相当に、頑丈ではあるか、な……？）

少なくとも、趣味が筋トレと武術の稽古な時点で、一度だけお見かけした彼の元カノさんのような、ふんわり可憐でか弱い『守ってあげたい系』乙女とは程遠く。考えるうち良心が咎めたので、一応断っておくことにする。

「……まあ、うちのフロアにいる男性陣くらいなら、束になってかかってこられても、秒で沈める自信はあるけども」

「ホラァ！　やっぱりそうじゃないですかぁ！　んでぇ、社内に女子会員限定のファンクラブがあって？　バレンタインになったらうちのフロアでいちばん大量に本命チョコもらってる、素敵な素敵な弊社自慢のスーパーヒーロー様ですよねー。あーあ、鳴鐘センパイがこの世にいる限り、オレたちに明日はないんだ……」

ネチネチと恨み言を繰り返しつつ、へのかっぱコーヒー氷をずぞぞ……と啜る後輩に、「お褒めの言葉どうも」と呉葉は肩をすくめておいた。

実はイケメンどころか、客観的には化粧っ気の薄い地味顔なので、決してもてはやしていただくほどのものではないのだが。そのあたりは性別フィルターのなせる技だろう。

「いやけど田中くん。私思うんだけども。きみらが女の子に振られるのは、彼女たちが本気で私のことが好きだからじゃなくて。言い訳に体よく私が使われてるだけで、おそらくは単に心の底からきみらに興味がなくなっ」

「だから正論で抉るのやめてくださいってば⁉　どうせねえ、さりげなく女の子の運んでる重たいダンボールを代わりに持ってあげたり、転びかけた女の子をサラッと受け止めて助けたり、帰りが遅くなる女の子を気遣って一緒にサービス残業して夜道送ってあげたりするモテクニシャンのセンパイには、オレら非モテの悲哀なんてわかんないんですよ！」

「誰がモテクニシャンよ。全部普通に目の前で困ってたから手を貸しただけだし。それでモテたことどころか、今まで一度も彼氏がいたことすらありませんがな。二十九歳にして、年齢イコールソロ期間だって。それはそれで別に気にしたことないから全然いいけど、田中くんは昨日まで恋人がいただけまだマシって思ってくれたらいいじゃない。何度も言うけど、私は女だからね？」

「この際それはどうでもいいです」

「よくはないよ⁉」

セクハラまがいの結構な言われようなのだが、呉葉はまったくこたえなかった。

なんなら今も口角がにやけ、気を抜くと鼻歌でも口ずさみかねない上機嫌ぶりに、後輩はジト目を向けてくる。

「まったく。オレがこんなにガチべこみしてるってのに……めちゃくちゃご機嫌ですねセンパイ」

「あ、わかる？」

指摘を受けた呉葉は、隠しもせずにへらっと笑み崩れた。

(なんてったって！　今週末の私には、それはそれはスペシャルな予定が控えているんだもの！)

緩む頬を押さえる呉葉に、後輩はため息をつく。

「えーっと？　弟さんの結婚式ですっけ、週末」

「そうなんだよ！」

よくぞ訊いてくれました！　と呉葉は大きく頷く。

(お母さんもお父さんも亡くなって、私一人でどうなることかと思ったけど。あの小さかった弟がついに……)

気を抜くと、ついついほろっと涙が出そうになる。思い溢るる胸のうちを語るチャンス到来と、ここぞとばかりに呉葉は熱弁を振るった。

「聞いてくれる？　優希……あ、うちの弟のことなんだけどね？　そのお嫁さんになる女の子、もーむちゃくちゃ良い子なんだよ。弟が高校生の頃から付き合ってきた同学年の子で、ふんわりした雰囲気と優しげな顔立ちが可愛くて。気立てが良くて料理上手で、とにかくもう、とてつもなくとんでもなく素晴らしいの」

「へいへい、今のオレにはちょっぴりやっかみたいくらいに弟さんが羨ましいっすよ。ついでにその話、オレも含めてうちの課のやつはみんなもう一万回くらい聞かされて、そろそろ耳タコに足が八本生えてきそうですし」

「あっじゃあタクシー代に一万一回め聞いてってよ。本当に素敵な子なんだから！」

文句の付け所どころか、「うちの弟を選んでくれてありがとうございます！」と姉の自分が三つ指ついて迎え入れたいお相手である。付き合いも長いだけに、もう実妹同然で、なんなら「僕より姉ちゃんの方が、彼女と仲良くない？」と弟に嫉妬されるくらいだ。

（命より大事な弟の独り立ち。――まさに、夢にまで見た未来がすぐ目の前にある）

我ながら恵まれているなあ、と呉葉は感慨にふける。

おかげさまで会社の仕事も順調。このところ呉葉の主導で任されていた大きなプロジェクトが、昨日やっと無事に完結したところだ。成果も上々で、なんと社長じきじきにチームへお褒めの言葉をいただいた。

ありがたくも職場環境にも仕事内容にも上司にも満足しているし、年齢に見合う程度にはきちんと実績も出せている。業務量は多く忙しいが、そのぶん給与は安泰だ。

今後も日々是好日にして、乗り切れる程度の波風はささやかに立てど、基本は何もかもが穏やかに進んでいくのだろう。

（色々、……そりゃもう色々、ここに来るまで苦労もあったけど。なんて充実感、なんって達成感なの。すべて報われた気分……！）

ジーン、と胸を押さえて感動に打ち震えている呉葉を、しばらく後輩はしかめっ面で「はあ」と見つめていたが。

「けどセンパイは？」

そこでふと後輩に尋ねられたので、呉葉は顔を上げた。

「鳴鐘センパイ自身は、別に何も得てないですよね？」

「え？」

「プロジェクトが完結して潤うのは会社だし、嫁さんもらって幸せになるのは弟さんですよね。別にセンパイが得たものって何もなくないですか？　少なくとも結婚についてなら、現にセンパイ自身は、恋人いない歴イコール年齢なんですよね？」

じゃあ、――鳴鐘センパイ自身はからっぽじゃないですか。

かなりざっくり失礼な物言いながら、予想外のところから降ってきた言葉に。

思わず呉葉は目を瞬いた。

（私自身は、……からっぽ？）

考えたこともなかった。

　あまりに不意打ちすぎてポカンとする呉葉からやっと一本取ったと思ったのか、後輩は「ふふん、それみたことか」と言わんばかりに胸をそらせた。

「なんかぁ。鳴鐘センパイは、ぶっちゃけ他人に尽くしすぎ。見返り求めない献身？　自己犠牲？　みたいなの、かっこいいと思ってるのかもですけど。それで自分が損してちゃダセェだけです。てかぁ、ただでさえ損な休出中なのに『今すぐ助けてくれ』なんて非常識な電話かけてくるやつのために律儀に飛び出してるようじゃダメですってぇ。前から思ってましたけどぉ、センパイにはまずオトナの落ち着きってもんが足りません」

「それきみにだけは言われたくないんだけど？　あと、別にかっこいいとかどうでもいいし、自己犠牲でもないから。私のしたいようにしてるだけだから」

　ビシッと切り返す呉葉に、「センパイ、甘い。生クリームのチョコシロップがけよりくそ甘ぇです」と、後輩はお行儀悪くプラスチックスプーンの先を向けてきた。

「人生なんていつ終わるともわからないんだから、自分が損してまで尽くすのは単なる馬鹿ってやつですね。今にわかりますよ。だってもう、センパイ二十九らしいじゃないですか。二十九って二十九ですよ二十九。焦らないとやべぇですって。崖っぷちなのに貧乏クジ引きまくり」

「貧乏クジではないんじゃない？　少なくともきみの元カノは寝取れたらしいし？」

「うぐっ」

ニヤリと笑って言ってやった嫌味はそこそこ効いたらしく、後輩はのけぞった。

「あーマジ呪いますよセンパイ！　いつかオレたち被害者の会の恨みを、身を以て思い知る日が来るんですからね！」

「はいはい、やっぱタクシー代ここで返せ？　こっちこそ昼休み消えたじゃないの」

くだらない言い合いをしているうちに、気づけば昼休みは残り十分を切っており。

おかげで呉葉は、やけに高価なコーヒー豆乳で昼食を終わらされる羽目になった。

今日はちょっと歩いたところにある格安定食屋で、唐揚げランチの限定マウンテン盛りを狙うつもりだったのに。被害者の会の恨み云々を言うなら、食べ物の恨みもまた深いのだぞ……と後輩田中には言ってやりたいものだ。

――センパイ自身はからっぽじゃないですか。

生クリームより見込みが甘い。

いつ終わるとも知れない人生、自分が損してまで人に尽くすのは単なる馬鹿。

二十九歳は崖っぷちで、それなのに貧乏クジ引きまくり……。

（ううーん。自分自身がどうか、かぁ……考えたこともなかったなあ）

言われた時は、さほど気にならなかったものの。

後輩にかけられた呪いのフルコースは、午後になっても頭の底に沈殿を続け、なかなか消えてくれなかった。

ショックはショックだが、どちらかというと「好き勝手言いやがって腹立つわ」というより「マジで⁉　そういう見方もあったのか……！」という目から鱗系の驚きが先行する。

（けど、弟のためとか、会社のためとか。誰かのためじゃ、……何かダメなんだっけ？）

目の前に困った誰かがいたら助けようと思うし、逆に助けを求められて、自分にその力があったら躊躇いなく手を差し伸べる。

そうして生きてきたし、それで特に不便を感じたこともない。

しかし、「自分自身には何も残っていない」と言われれば、まあそういう捉え方もできるのかな……と納得してしまうところも、あるにはあるのである。

早くに両親を亡くした呉葉にとっては、唯一の家族である歳の離れた弟を守ることがすべてだった。ゆえに、一に弟、二に弟、三に家や道場の存続、生活のためには仕事とやりくり、そればかり考えて生きてきた。

（あまりに人生の構成要素が少ないというか……まあ客観的には、割とつまんない人生送ってるのかもしれない）

外見も華やかな同性の友人たちのように、海外旅行やら美容やらファッションやら、料理やら雑貨ハンドメイドやらの、洒落た趣味が特にあるわけでもなし。

その上に二十九歳で彼氏の一人もできたことがないのは、まあ、……イレギュラーと言えばそうなのかも、しれない……？

だからって。

（からっぽ、からっぽ……なあ……ううーん。……あー、やめよやめよ！）

悶々となりかけたものの、結局、呉葉は悩みごとぶん投げた。

（ダサかろうが崖っぷちだろうが大いに結構、考えるだけ無駄無駄無駄！　自分の手元に何もないってんなら、これから作ればいいんじゃない。私は弟と仕事に尽くしてきたことに後悔は一切ないし、それなら晴れて私の第二の人生リスタートだってもんよ！　はいはい、いらんこと悩んでる暇あったら手ぇ動かそ！）

かくして普段どおり猛然と午後の仕事に励み、その日の呉葉がオフィスを出たのは、定時を少し過ぎた頃だった。

かねてよりなかなかブラックめの勤務体系を強いる会社ではあるが、弟の結婚式に被って休出など入れられてはたまったものではない。ゆえに、例の肝煎りプロジェクトを早々にやっつけてからは、できるだけ大きな仕事が入らないように調整させてもらっている。

あとは、来るべき週末に思いを馳せるばかり。なんとも待ち遠しい限りだ。

それにしても。

（雨、止まないなあ）

運が悪いことに、天気予報によれば、ちょうどこの時刻には百ミリを超すゲリラ豪雨に見舞われそうだとか。道路冠水や建物倒壊の危険性などを、職場の休憩室でつけっぱなしのテレビが繰り返し伝えていた気がする。

確かに、外は土砂降りだ。慣れた通勤ルートの街路樹はしとどに濡れ、雨粒が差したビニール傘を突き破らんばかりに威勢よくぶっ叩いてくる。分厚い雨雲のせいで、日暮れ前にもかかわらず街は薄暗く、アスファルトの道路など、ちょっとした小川になっていた。

（ふふふ……いいよガンガン降っちゃって。今のうちに降り尽くして、週末の結婚式に晴れてくれさえすれば！　けど、早く帰んなきゃ私でも風邪ひきかねないな、これは）

嵐のごとき荒天を前に、あえて不敵に笑ってみたりなどする。これでも丈夫さには自信があるので、そんじょそこらの菌やウイルスには負けない気はしている。が、自分はともかく横殴りの雨に傘の方を壊されそうで、「ひゃあ」と情けない声をあげながら、呉葉は帰路を急いでいた。

（明日は午前休もらえたから、色留袖の試着にもう一回行かなくちゃいけないし。私のサイズに合うのがなくて、襦袢やら草履やら足袋まで、全部まるっとお取り寄せになったからなあ）

未婚ならばぜひ今しか着られない振袖を！　と担当のお姉さんに強く勧められたが、ついつい年齢的に気後れしてしまったのも心残りではある。グダグダと先の予定について考えごとをしているうちに、「そういえば」と呉葉はふと思いついた。

（この先は川があるんだった）

そう大きな河川ではないのだが。中ほどに古びたコンクリートの橋がかかっており、呉葉のお決まりの通勤ルートになっているのだ。危険だと、通常なら躊躇するところかもしれない。

（ちょっと行ってみてから、ダメそうなら引き返せばいいか）

だが、呉葉は特段の迷いもなく通い慣れた方角に足を向けた。「多少のことなら、自分であれば大丈夫でしょう」という、いささかの慢心もあった。

しかし。

――それが運命の分かれ道になった。

「うっわ……」

目指す橋のそばに行くまでもなく。

馴染んだはずの川を見下ろしながら、呉葉は唖然として立ち尽くしていた。

まさに濁流。

　そう表現するしかないくらい、いつもの川はすっかり表情を変えていた。泥水が勢いよく小段を乗り越し、堤の草を容赦なく薙ぎ倒している。

　ちょろちょろと流れる水があるかないかわからないレベルののどかなあの川は、どこに行ってしまったのだろう。護岸に据え付けられた、氾濫危険水位まで上昇していることを知らせる黄色いランプが、「おい、ここで何やってる。早く離れろ」と警告するかのごとく、明滅しながらクルクルと回転していた。

　例の橋を見れば、橋脚どころか路面すらも、すでに茶色い水に洗われている。

　いくらなんでも、あれに近づく勇気はない。

「これは、諦めた方が良さそうね……」

　呟いてしぶしぶ踵を返そうとした呉葉の耳に、ふと、――か細い声が届いた気がした。

「……れか……すけて……！　……！」

（え……？）

　思わず耳を澄ませてみる。

　川の流れる轟々という音にかき消され、他の人間なら聞き逃していたかもしれないささやかなものだが、呉葉の耳はしっかり捉えることができた。

（まさか、誰かが溺れてる⁉）

　慌てて呉葉は川辺に駆け寄ると、防護柵に手をついて、声が聞こえた方に向かって目を凝らす。

声の主はすぐに見つかった。

――赤いランドセルを背負った小さな背が、今にも濁流に呑まれそうになりながら、護岸の草にかろうじてしがみついているのだ。

「嘘……!?」

（子どもが流されそうになってる……！）

見たところ、小学校の高学年くらいだろうか。小さな手で必死に這い上がろうとしているが、その都度、容赦なく泥水が押し寄せてくるのだ。

（警察……いやレスキュー隊……だめ、間に合わない！）

そう思った瞬間だ。

小さな白い手が、パッと川べりを離れた。赤いランドセルが、茶色い水の中になすすべもなく放り込まれる。

――考える暇もなかった。

「くっ……！」

呉葉は通勤バッグをその場に投げ捨てると、防護柵を乗り越えて、猪のごとく土手を駆け下り、自らも濁流に身を投じた。

猛り狂う濁流を、水に腕を叩きつけるように掻きながら、体勢を整える。集中力を最大限に研ぎ澄まし、水に呑まれた小さな姿を捜す。

（あそこだ！）

見つけた！

ランドセルの赤が、かろうじて目に入る。ほんの五メートルほどだ。もう少し。さあ急げ、より速く――

（よっしゃ……届いた！）

子どもの腕を摑み、己の方に引き寄せにかかる。

ここまできたら、あとは根性で岸まで泳ぎ切るだけ、と。

呉葉がそう安堵しかけた時だ。

「――ッぶな……！」

前方に、突き出た巨大な土管があるのを見つけ、呉葉は息を呑んだ。

（流れが速すぎる。このままでは、この子が先にぶつかる！）

そんなことになったら、子どもの柔らかい体なんて、とてもじゃないが――

『呉葉。力というものはな、自分ではない誰かを助けるためにあるのだ』

不意に。

亡くなった父に聞かされた言葉が、耳の奥に甦る。

最悪の事態を想定するより先に、反射で呉葉の体は動いていた。

渾身の力を振り絞って子どもを抱き寄せ、自分と体を入れ替えるように、土管に向かって背を向ける。そしてそのまま、己の身を盾にした。

「……！」

バキバキと、凄まじい音と衝撃が、背骨から脳天に突き抜ける。

（あ、これ脊椎やったわ）

頭のどこかで冷静に判断しつつ、気合だけで子どもを抱えたまま、土管を掴む。

激流に耐えながら横に横にとジリジリ移動を繰り返し、どうにか岸にたどり着くと、力の限りその子を上に押し上げた。

「ゲホ、ゴホッ……」

自らの手足でコンクリートの護岸を這い上がりつつ、子どもが激しく咳き込んで水を吐いたのを確認する。

誰かが気づいて呼んでくれたらしい、救急車の音が聞こえてきた。

（よかった、……助けられた……）

安心した途端、緊張のおかげで忘れていられた激痛が、全身に襲いかかってきた。

護岸のコンクリートブロックを掴む手から、力が抜ける。

（あ、やば）

ざぶん、となすすべもなく再び濁流に放り込まれる。

　洗濯槽の中でかき回される汚れ物のごとく、絶え間なく全身を揉まれながら。それでも呉葉はもがき、必死に助かるすべを探した。

（華々しい第二の人生を前に、こんな川ごときに負けてたまるかっての。ゴボボボ……あ、やっぱダメそう）

　まずもって脊椎が折れている。多分真っ二つ系のやられ方だ。

　他にもいろいろ重大な損傷があるらしく、よくよく知った自分の体だけに、状態は否が応でも察せられた。

（もう死ぬわこれ、……いい人生だったな、いや、……いい人生だったか？）

――センパイ自身はからっぽじゃないですか。

　今日聴いた呪いの台詞が脳内でリフレインした。ちくしょう後輩田中め。最期にいらん雑念を植えつけおってからに。

　目を開けてもいられない。泥水の中で呼吸すらままならないまま、もう痛みも感じなくなった。

（いや諦めるわけには……週末……優希の……結婚式……）

　あれだけは、出なくてはいけないのに。

　叶えられそうにない。

　――もう、死ぬ。

享年二十九で確定らしい。

(田中くん、正しかったわ……確かに、人生なんていつ終わるかわかんないね……)

ついでに今この事態が、彼の言っていた『鳴鐘呉葉に彼女を寝取られた被害者の会』のメンバーたちがかけた呪詛の結実だとすると、覚えとれよお前ら、全員もれなく枕辺に化けて出てやるからな。なんて、……ま、……やらないけど……。

(ちょうどよかったかもしれない、優希を立派に世に送り出すという使命は果たせた)

悔いはない。

そう思った瞬間、ふっと体から力が抜け、重たかった手足が軽くなる。すでに瞼に視界は閉ざされていたが、思考までも闇に塗りつぶされていくのがわかった。

ああ、いよいよ「召される」のだ——と。

呉葉が漠然と悟った、瞬間だった。

『ここで諦めて死ぬくらいなら、その鍛え抜かれた身体に宿る強靭な魂、このわたくしにくださいませ！』

頭蓋の中に直接響き渡るように。

鈴を転がすような美しい声がして、——ぐいっと手首を掴まれる。

（な、なに……!?）

急に意識を引き戻され、呉葉は目を開けてみた。

不思議なことに。

上下左右もわからなくなるような土色の濁流に呑まれたはずなのに、なぜか呉葉は、いつの間にかきちんと自分の両足で立っていた。

さらに奇妙なのは、今いるこの場所だ。

四方は青い。

けれど、単なる青一色ではなく。上は薄紫色の夜明けのようだが、足元は宝石を砕いて散らしたような星空。床らしきものはない。ないのに、なぜか自分は立っている。

強いて似ているものを探すとすれば、プラネタリウムだろうか。けれど、あの人工の空間には天井や座席があるが、今いるのはどこまでも果てのない青景色だ。世界の絶景特集か何かにあった、鏡にたとえられる有名な巨大塩湖の映像を、ふと思い出した。

ここは、……どこだろう。

（あ、ひょっとして死後の世界……？　まあ、そうだよね。そっかそっか、私、死んだんだわ）

せめて仕事は片付けてきてよかった。でも。

（いや、死んだらダメじゃないの。だって週末には、肝心かなめの優希の結婚式が……嘘でしょ……）

今すぐ生き返ることができるなら生き返りたい。が、そんなことは難しいのだと、漠然と理解してもいる。

ただひたすら心が現実に追いつけずに呆然としていると、――不意に。

先ほど手を摑まれたのと同じ勢いで、がっと力強く両頬を挟まれ、無理やり視線を下に振り向けられた。

「いっ⁉」

無茶な方向転換を強いられたうなじが、ごきんと嫌な音を立てる。さっき脊椎やったところだけど、死んだあとに頸椎プラスしたらどうなるんだろうと、素朴な疑問がよぎった。

果たして。

呉葉の目に飛び込んできたのは、――まるで光の化身とでもいうべき少女だった。

長く伸ばされくるくると渦巻く、繊細な飴細工にも似た、淡い色味の黄金の髪。春の路傍に綻ぶスミレで染め付けたような、澄んだアメジストの瞳。血が通っていると思えないほど白い、磁器の肌。

そして、呉葉のデコピンどころか鼻息だけで折れそうに華奢な身体と、人形のように小作りで可憐な顔立ち。真っ白いリネンのワンピースが、こんなに似合う人間を見たことがない。

（わ、すっごく綺麗な子……！　海外のモデルさんかな……？）

いかにも清楚で弱々しく儚げな、ザ・女子といった佇まいの少女に、思わず呉葉は見惚れてしまう。

いや眼福だ。唯一難点があるとすれば、柳の葉のように細く優しげな形の眉毛が、今はキュッと怒ったように吊り上がっていること。それと、予告なく見知らぬ他人である呉葉の顔を掴んで、力技で視線を合わせてきた強引さくらいだろうか。

（いやいやそういうのは問題じゃなくて……）

あなたは誰？

ここはどこ？

「あの……」

そういう基本的な質問をぶつけようと呉葉が口を開いたとたん、上から被せるように、「お聞きになって」と少女はピシャリと宣言し、深く息を吸い込んだ。

おききになって。

その言葉遣いを、素でなさる人間を初めて見た。

（お、お嬢様……なの、かな？）

不意を突かれた呉葉は、つい絶句する。

が、少女はこちらの困惑など斟酌してくれる様子はなかった。一息に長台詞が追いかけてくる。

「あまり詳しくお話しできる時間がありませんの。今からわたくしが申し上げることをよく聞いてくださいませ。わたくしの名前はクレハ・メイベル。大陸屈指の領土を誇るエーメ王国において、かつて王族の傍流であり、前王后にして現王陛下も輩出している名門貴族メイベル公爵家の長女。両親は他界したけれど、仲のいい大切な兄が一人。その兄の名前はテオバルト・メイベル」

「え、あ、はあ……。えーめ、おうこく？」

どこだろう。

エーで始まるからにはエーゲ海のあたりだろうか。えー、聞いたことがない地名だ。あと、王国とかイギリスとブータン王国以外にまだあるのか。世界広いな。そのへん無知ですみません。

（うん？　それにしてもこの子の名前、クレハって。私と同じなんだ？　あと、ご両親が亡くなってるなんて……って、それは私もか。奇遇多いなあ）

立て板に水な自己紹介に圧倒されつつも、己との共通点を見つけてコクコク頷く呉葉に、少女はなおも続けた。

「年齢は、まもなく成人の十六を迎える十五歳。でも、誕生日を目前にして、わたくしの命の火は燃え尽きました。元々、成人できまいと侍医に宣告されるほど病弱でしたが、――毒を盛られたのですわ」

「……え⁉」

あまりに不穏な言葉に耳を疑う。

しかし、絶句する呉葉に頓着せず、『クレハ』と名乗る美少女は、一方的に言い放った。

「口惜しいですけれど、わたくし自身はもうこの世を去るほかございません。されど、この手が届いたのも何かの縁。だからこれからは、どうかあなたに、わたくしの代わりに生きていただきたいのです。わたくしの身体を使って。新しい、クレハ・メイベルとして」

「え、……ええ⁉　ちょ、……っと待ってくれるかな⁉」

それは一体どういう意味だ――と。

呉葉が尋ねるべく慌てた瞬間。

「ああ、もうこれっきり……。あとはお願いいたしますわね。――ごめんあそばせ！」

そう言うなり、少女は思い切り呉葉を突き放す。

先ほど首の向きを変えられた時同様、あんな折れそうな細腕のどこからそんな力が出るのだろうという勢いだった。

あっという間になすすべもなく吹き飛ばされ、弾みのついた『呉葉』は、クルクルときりもみ回転しながら宙に舞い上がる。

（さっきも川に呑み込まれた時に洗濯機に回される衣類の気持ちがわかったけど、……またなのー!?）

次から、干すのを横着して洗いから乾燥までセットモードにするのはやめよう。脱水が終わってもまだ回転させられるなんて、洗濯物も気の毒だったのだなぁ——と、現実逃避に訳のわからないことを考えているうちに。

全身が揺さぶられ、もみちゃくちゃに脳がシェイクされ、目の前が白くなったかと思えば、さらに吸い出されるような感覚があって。

——ストン、と。

ひどく唐突に、どこかに着地した。

「……」

ちゅんちゅん、と。

のどかにスズメの鳴く声がする。割と近い。

（うー……）

やけに重い気のする瞼を押し上げ、呉葉はノロノロと薄目を開けてみた。

まず目に入ったのは、真っ白い天井だ。実家の自室にある、見慣れた木目ではない。

とすると、ここは病院のベッドだろうか？　では、増水した川に流されたあと、自分はどうにか救急搬送されて九死に一生を得たということか。

（けどここ、本当に病院なのかな……？　にしては、天井紙に花柄模様とか入ってやけに豪勢というか。むしろ、なんかこれ、ベッドだけカーテンで四方が囲われてない？　え、どうなってるの、どういうことなのこれ）

おまけにこのカーテン、化繊ではなさそうな。うちの会社でいちばん女子力の高い同期が穿いているスカートみたいなうっすいヒラヒラ素材――たしかシフォンとかいったっけ――と、細かい刺繍入りで分厚い「やあやあ我こそは高級織物にて候」という感じのクリーム色のと、ちゃんと二重にもなっている。語彙力の乏しさに悲しくなってくるが、何せ病院のカーテンではまず見ない凝った仕様だ。

それにしても、やけに少女趣味なベッドである。

呉葉は眉根を寄せ、ググッと首を動かしてあたりを見回してみる。金色の糸で縁取られたいかにも値の張りそうな円筒形クッションやら、総レースのカバーがかけられたふわふわの枕が目に入ったところで、ふと気づいた。

（そういえば私、……脊椎折れてなかったっけ？）

なぜ問題なく首を回せるのだろう。子どもを救うまでは根性と気力マジックで保たせたけれど、緊張の糸が切れた今でも、普通に身体が動くのは……おかしいのではないか。

それどころか、なんなら気分はスッキリと爽快なほどで、どこにも痛みなんてない。腕やら脚やらもそこそこ負傷していたはずなのに。

「……？」

眉根を寄せたまま、呉葉は身を起こしてみた。やはり身体が軽い。

いや、感覚どころか、どうにも物理的に軽い気がする。そして極め付きに、上半身を起こしただけだが、その座高が妙に低い。

（土管にぶつけた拍子に、背骨がうまいことだるま落としみたいに抜けて身長縮んだとか？　んなアホな）

そして何より、視界に入る自分の手。

掛け布団カバーらしき洒落た布――これまた美しい小花模様の織りが入った、薔薇色の乙女チックな代物である――を摑むそれは、握ったり開いたりしたら動いたのでまぎれもなく自分のものなのだろうが。

小さいし、細い。そして嘘のように白い。もはや血管が透けているレベルだ。

身長百八十オーバーの呉葉は、それに比例して手もでかい。たぶん、天狗の持っているヤツデのうちわくらいはあるはず。

よく白魚のごとき指という表現を見かけるが、こんなもの普段の自分からすれば、まるでチリメンジャコのような繊細さである。つまり指がチリメンジャコになっている。

「……⁉」

顔の前に何度も手を持っていって、握ったり閉じたりしてみる。ちゃんと動く。やはりこの生白いジャコフィンガーは、自分のもので間違いないのだ――そう認識した瞬間、呉葉は叫んだ。

「どうなってんの⁉」

叫んでから叫び直した。

「声まで変わってる⁉」

まるで、鈴を振ったような可憐な声だ。自分の声帯から出るそれは、「パイセンの無駄イケボ」と後輩田中に揶揄されたことがあるくらい、低くて野太いはず。思わず両手で喉を押さえる。細い。ちゃんと肉がついているのか不安になるほど細い。

たまらなくなって、呉葉は豪奢な掛け布団を跳ね除けると、フカフカのベッドの端まで這っていき――面積が広すぎて、そうしないと端までたどり着けなかった――件のヒラヒラ高級カーテンを勢いよくわきに寄せ、床に飛び下りた。

ベッドの外は、明るい陽光に満ちた広い部屋だ。

そして、どう考えても病院の一室ではなかった。

こんなセレブな病院あってたまるか。白や薄緑を基調にしたそこは、天井は見上げるほど高く、ガラスのティーテーブルや猫脚ソファなどのクラシックなインテリアがずらりと並び、大きな窓からは広い庭園が望める。

こういう場所、うんと昔、友達に借りた国民的漫画だか世界史の教科書だかで見たような。例えて言うなら、ここは。

「ベルサイユ宮殿……に、いらっしゃい……」

いらっしゃいは余計だったが、とにかくそういうノリの室内なのだ。

いや、いくらなんでもそこまでの広さはなさそうだから、どちらかというとイギリス貴族のお邸かお城か。フランスとイギリスとの文化建築様式にどういう違いがあるのか知らないけども。

（ああもう！　頭が脱線してく！　混乱してる！）

何か、とんでもなく恐ろしいことが起きている。

ぐしゃぐしゃと頭を掻くと、ふと己の髪までも、驚くほど伸びていることに気づく。

腰を過ぎるほどの豊かさを持つ、渦巻く艶やかな髪だ。何よりも髪色は日本人の黒ではなく。太陽の光にキラキラと透ける、淡い色合いの黄金。

――その色を、つい先ほども見たような。

「……」

頭からゆっくり手を離すと、呉葉は、毛足の長い絨毯の敷かれた床を素足のまま恐る恐る歩き、鏡を探した。

これまたゴージャスでお姫様チックな鏡台があったので、嫌な予感に突き動かされるままに、前に立つ。

「え」

鏡の中には、寝巻きらしき清潔な白いリネンのワンピースに身を包んだ、見知らぬ少女が映っていた。

いや、まったく知らない訳ではない。つい先ほど、会ったばかりだ。

不思議な青い空間で、「あとはお願いいたします」と言い残して呉葉を突き放した、あの女の子。服装までそっくりそのまま。

すべすべと滑らかな白く薄い皮膚に覆われた、小柄で華奢な身体。金の髪にスミレ色の瞳。ほっそりと整った容姿は、やはり命を吹き込まれた西洋人形のように危うく儚げだ。

よく磨き上げられているので、どう考えても鏡が曇っているわけではないらしい。

鏡像に向かって凝らした目を、手の甲でこすり。さらにはベタベタと自分の頬やら腕やらを触ってみて。その動きにつられて鏡の中の少女も確かに動くことを再認識して、しばし固まり。

そこでやっと、それがまぎれもなく自分自身の姿なのだと、はっきりキッパリ痛感でき、――またも呉葉は叫んだ。

「ウッソでしょ⁉」

待って。

つまり、――どういうことなのだ。

叫んだところで、疑問に答えてくれる人はいない。

事情を知っていそうな少女は、何せ今、〝自分〟なのだから。


確かに、「週末に弟の結婚式を見届けたら、いよいよ新たなライフステージの幕開けだ」とは思ったところだった。でも。

(身体ごと入れ替えてセカンドライフなんて、ひとつも希望してないんだけど――⁉)

人生何があるかわからないにも程(ほど)がある。さしもの後輩田中も、さすがにこれは想定していなかっただろう。突っ込んだところでどうにもならない。

呉葉はもう叫ぶ気力もなく、ただただ鏡の前に立ち尽くすしかなかった。

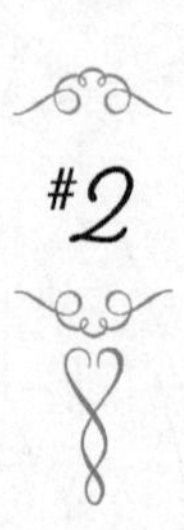

#2

カフカの小説に、ある朝目覚めたらグレゴール・ザムザは毒虫に変身していたとある。が、鳴鐘呉葉の場合は、金髪紫眼の美少女になっていた。衝撃どころの話ではない。

「いやいやいや……」

鏡に向かって否定の文言を繰り返し呟いてみたが、やはり先ほど同様、その声も繊細な音色に変わっていて黙り込む。

まず疑うべきは夢だ。川で溺れて気を失って夢を見たのか、それとも川で溺れたところからすでに夢だったのか――はさておき。こんなこと、絶対に夢であるべきだ。

そこで呉葉は、頬をつねってみたり、頭を壁に打ちつけてみたり、足の小指を自ら鏡台の角にぶつけてみたりしたが、いずれも普通に痛かった。とすると、残念ながら夢ではないということになる。

「いやいやいやいや……」

幸いにして、周囲に人影はなく、スズメのさえずり以外は静かなものだ。ベッドの上に戻ってあぐらをかき、ジンジンする小指をさすりつつ、呉葉は口をわななかせた。

（整理しよう。状況を整理しよう！）

さっき鏡の中にいたのは、まぎれもなく謎の空間で出会った少女だった。

要するに、自分は彼女になったと考えていい。そして、その彼女は、何やらあれこれと自己紹介らしきものを口走っていた。

――〝わたくしの名前はクレハ・メイベル。大陸屈指の領土を誇るエーメ王国において、かつて王族の傍流であり、前王后にして現王陛下も輩出している名門貴族メイベル公爵家の長女。両親は他界したけれど、仲のいい大切な兄が一人。その兄の名前はテオバルト・メイベル……〟

情報をおさらいして、呉葉は「うん」と真顔になった。

（引き継ぎが足りない‼）

現時点で、圧倒的に判明している情報が足りない。どうしろというのか。

（どこよエーメ王国。地理でも世界史でも聞いたことないしそもそもどっちもとっくに忘れたわ。大陸屈指っておっしゃいますがその大陸はユーラシアでオーケーですか⁉　その王国のお妃様も出されてるなら、メイベル家って貴族様？　そのお家がすごくエライっぽいのはそうなんだろうけど、果たして公爵って伯爵より上だっけ下だっけ！　あと、身分でコウシャクって読むやつもう一個くらいなかったっけ）

ダメだ。知識不足も手伝って、さっぱり何もわからない。公爵なんて、会社近くで見かけた昭和の香りがするラブホの名前がそうだったな、くらいしか記憶にございません。

これが会社の後輩相手だったら「悪いけど、引き継ぎ資料作り直そうか！」と笑顔で背中を叩いて、ついでに足すべき内容のラインナップを渡して作業も手伝ってから、「頑張ったね！」と仕上げにラーメンの一杯でも奢って帰るところだが、そうもいかない。

呉葉は、手元にある情報と今の状況から打開策を練るしかないのだ。そもそもコウシャク令嬢はラーメンなんて食べないかもしれないし。

（えっと、……あとなんて言ってたっけ？）

年齢はもうすぐ十六歳になる十五歳。生まれつき病弱で、十六になるまでに他界するだろうと言われていた。が、――その前に彼女は。

「毒殺、された……」

こんな、まだ十代の女の子が。

声に出して呟くと、その痛ましい事実が胸に沁み、呉葉はぎゅうっと眉根を寄せた。

（どこのどいつがやったのか知らないけど、本当だとしたら許せない。それじゃ、この子自身は死んでしまったということ……？　いや、それ以前に）

自分の方こそ。本来の、鳴鐘呉葉はどうなったのだろう。

「……やっぱ、死んだ……のかな？　私……」

そんな、まさか。言ってはみたもののにわかに受け入れがたく、「あは、は……」と掠れた笑いらしきものをこぼしつつ、呉葉はうなだれる。

（せめて、あの溺れてた子は、ちゃんと助かってくれてたらいいな。水は吐いたみたいだし、レスキューも来てくれたっぽかったから、多分大丈夫だよね……）

それもまた心配だが、今となっては確かめるすべもない。

（何より、優希たちの結婚式……）

ちゃんと挙げられただろうか。中止になってなければいいけれど……。姉が直前に溺死したのでは、そうもいかないか。

（これが夢だって可能性も完全に消えた訳じゃないし……いやいやいやいやいや……）

えんえん悶々ぐるぐると悩んでいるうちに、ふと耳が物音を拾った。部屋の外だ。ぱたぱたと軽やかな足音を立て、廊下かどこかを誰かが歩いてくるような――

はっとして、呉葉があぐらを解いてベッドの上で姿勢を正したところで。部屋の奥にある大扉が、コンコン、と恐る恐るノックされた。

「はいどうぞ！」

（しまった。つい）

うっかり反射的に返事してしまったが、外にいるらしい相手は、やや躊躇いがちにキイッとドアの隙間から顔を覗かせた。

現れたのは、ヒラヒラした純白レースの帽子をかぶり、紺色のお仕着せ風ワンピースの上からフリル付きのエプロンドレスを身に着けた女の子だ。推定、まだ十代半ばだろう。

（メイドさん……？）

現代日本であれば秋葉原のカフェ等に生息しているはずだが、このメイドらしき少女は、トラディショナルな膝下スカート丈なので、おそらく本職の方と見受けられる。

おまけに彼女は呉葉と目が合うなり、心底虚を突かれたように、手に持っていたシーツ入りの籠らしきものをボトリと取り落とした。

「え、大丈夫……」

とっさに籠を拾うべく、呉葉がベッドから下りようとした瞬間だ。

メイドさんは突如くるりと踵を返し、ドアの向こうに顔を突き出すと、あらん限りの声を張り上げた。

「お館様ぁ！　たいへん、たいへんです！　クレハお嬢様が、目を覚まされました‼」

「えっ」

（ま、ま、待って、誰を呼んだの！　誰なのよお館様⁉）

急展開についていけない呉葉が、ぎょっと身をすくめた瞬間。

先ほどとは比べ物にならない勢いで、ドタドタドタ、と別の誰かが廊下を駆けてくる音が響いた。

「クぅレぇハぁ――!!　目が覚めたのか!?」

次にノックもせず大声で叫びながら飛び込んできたのは、身長の高い、目を瞠るような美青年だった。

年齢は二十歳そこそこだろう。丁寧に整えられた銀色の短髪に、切れ長のアイスブルーの双眸と、スッと通った鼻筋が、知的で怜悧な印象を与える。

金色ボタンやら飾緒のついた、なんとなく西洋ファンタジーじみた白っぽい衣装を身に着け、右目だけ、――たしかモノクルとかいっただろうか――よく漫画などで見かける「どうやって装着しているんですか?」と尋ねたくなる片方だけの眼鏡がかけられている。

いかにも「頭脳派です！　そして、冷静沈着です！」といったステレオティピカルな外見のお方だが、今はやや血走った目に肩で息をし、およそ冷静とも沈着とも程遠い様子で、大股にツカツカと歩み寄ってくる。

（え、っと、どちら様！）

たじろいだ呉葉が思わず後ずさると同時に。

目の前に立った謎の美青年はやおら腕を広げると、こちらをがばりと抱きしめてきた。

(ぎゃ!?)

「クレハ！　クレハクレハクレハクレハ!!　ああ、大事な我が妹よ！　よかった、本当によかった！　一命を取り留めてくれて……!!」

ビクつく呉葉の耳元で、ほぼノンブレスで青年は叫んだ。素晴らしい肺活量だ。

状況が読めずに固まる呉葉をよそにぐいぐい腕を締めつけていた彼だが、途中で我に返ったらしく「すまない！　苦しかったな」とバッと身を離す。

あれこれ勢いと押しが強い人だ、と呉葉はいささか引き気味になりつつ、その顔をおずおず再確認し。

「ヒッ」

さらに引いた。

美青年は、――目から鼻から、透明な液体を止めどなくザバザバと流していた。

「うっ、うっ、……ぐればぁ……この兄は、本当に、……お前が死んだかと……思っ……うっ……ズズッ……ズビィッ……」

なんだか高級そうな布地で作られた衣装の袖で、豪快に己の目を擦っては男泣きしつつ、彼は震える声でそれだけ言うと、いよいよ本格的においおいと嗚咽をあげ始めた。対する呉葉は途方に暮れる。

（そもそもこの人は誰なの。……ん？　待ってよ。さっき、兄とか妹とか言ってた？）

　ということは、この前で派手に泣き崩れる青年は。

「て、……テオバルト・メイベル……？」

　青い空間で少女に告げられた情報の名を呟くと、彼は泣くのをぴたりと止め、バッと顔を上げてこちらを見た。

「クレハ、すまなかった。不甲斐ないこの兄を許してくれるか」

「え、あっ、はい……」

「いや、いっそ許さなくていいのだ。むしろ、遠慮なく言葉の限り罵っておくれ。あのおぞましい毒殺魔の手から、大切なお前を守りきれなかった最低な僕を。他人行儀に堅苦しく名を呼び、兄とはもう言ってくれぬのは、つまるところそういうことなのだろう」

　力なくうなだれて首を振る青年は、クレハの兄テオバルトということで確定らしい。だが、その反応に慌てたのは呉葉だ。

「いや違いますから！　すみません、えっと、お兄ちゃん！」

「お兄ちゃん……？　はて。お前らしくもない」

「じゃない、その、……アニキ！」

「アニキ!?」

「間違えました、兄上、いやお兄さま！」

「うむ。そうだ、お前のテオお兄さまだ。……いつもより顔色はいいように見えるが、まだ熱が下がったばかりで混乱しているのだろう。つくづく本当にすまなかった、クレハ」

謝りつつ、ほっとしたように微笑む『テオバルト』に、呉葉は内心冷や汗を流した。

（いや、だから！　ほんっと引き継ぎが足りないんだわ!!）

彼の名前や立場が無事に判明したのはよかったが、呼び方なんて知るわけがない。

しかしおかげで、いよいよあの少女に告げられた話が現実味を増してきた。あれらの情報は、やはり「ここ」では真実なのだ……。

（それじゃ、この人は『クレハ・メイベル』が私だと思い込んでるんだよね。中身は、全然別人なんだけど……）

生き返ったと喜んでいるところ恐縮なのだが。今ここにいるのは、外見こそ可憐な彼の妹かもしれないが、その実態は二十九歳の脳筋派ＯＬである。だんだん申し訳なくなってきて、「実は……」とクレハが告白のために口を開いた時だ。

涙の滲む青い目を和ませ、テオバルトはサラッとこんなことをのたまった。

「かえすがえす、よくぞ息を吹き返してくれた。万が一にもお前が死んでしまったら、この僕も後を追っていたところだ。守るべきお前のいないこの世に未練などないからな！」

「えっ」

ぎょっとした勢いで、言おうとしていた真実は喉を逆流していった。

(あ、愛が重いねテオバルトお兄さん……⁉)

そういえばかつて呉葉も、思春期の弟が「姉ちゃんに負担ばっかりかける僕なんて、死んだ方がマシだ」と嘆いた時に、「お前が死んだら私も死んでやるからな！」と叱り飛ばしたことがあるが、あれは申し訳なかったなと今更ながらに反省した。さらにその直後、必死になって止める弟の前で、出刃包丁で実際に腹をかっさばこうとして大騒ぎになり、どっちがどっちを嗜めているのやらわからないカオスな事案に発展したのだが、まあ今は昔の話だ。一刻も早く忘れ去りたい、若気っちゃって至っちゃった黒歴史の一つである。

――うっかり話が逸脱したものの、しかしテオバルトの気持ちは、同じく最愛の弟を持つ姉である呉葉には、痛いほどわかる。

(ご両親も他界してしまったらしいし。仲がいい兄妹だって言ってたもんね……)

ここにいるのは本物のクレハではないが、かといって、本物を呼び戻す手段がわかるわけでもない。自分が元の体に戻る方法すら不明なのだから。

(やっぱり、とても言えない……)

結局、呉葉は告白の言葉を呑み込んでしまった。それで彼が万が一にも世を儚んでしまったらと思うと、恐ろしかったのだ。代わりに、「どうしよう……」と頭を捻る。

(なんにしても、私が持っている情報が少なすぎる。そのまま『クレハ・メイベル』のふりをしても、絶対ボロが出る。かといって事実は言えないし……とすると……そうだ！)

一人称は「私」じゃなくて「わたくし」で、何やらお嬢様言葉っぽい感じだったなと。

一度会っただけの『クレハ』の口調を思い返してできるだけトレースしながら、呉葉は、行き当たりばったりにこんなシナリオを組み立ててみた。

「あの、えー……テオ、お兄さま……？」

「どうしたのだ、クレハ？」

「わたくし、……クレハ・メイベルで間違いございませんわよね？」

「……急にどうした？」

不穏な出だしに表情を険しくするテオバルトを前に、呉葉は視線をさまよわせた。

「実は、……あー……自分の名前と、お兄さまの名前は覚えているのですが。わたくし、それ以外のことを、そのー、なんと申しますか……思い出せないのでございます……」

「なんだと⁉」

案の定、テオバルトはぎょっと目を瞠った。

「思い出せない⁉　それは……イザークのことや、陛下の御名や、……僕たちの両親の名ですらか⁉」

イザーク、というまた新しい名前が出てきた。はて誰のことやら、という心のままに首を傾げる呉葉に、テオバルトはますます唖然とした反応を見せる。

「まさかとは思うが……国名も……？」

「そうざます」

「ざます⁉」

「間違えました。そうでございます」

お嬢様言葉、某スネちゃまのママとはまたちょっと別物らしい。難しいざます。

本当は、エーメ王国だのメイベル公爵家だのという断片は知っていたが、いっそ全部わからない設定にした方がいいだろうと思い、呉葉は同意した。

「なんということだ……！」

頭を抱えて嘆くテオバルトに、呉葉はしょっぱくも後ろめたい気持ちになりつつ、「申し訳ございません」と謝った。本心からだった。腹芸も嘘も大の苦手なのだ。

「いや、……構わぬのだ。取り乱してすまなかったな。あの絶望的な状況から、お前の命が助かっただけでも十分すぎるほどなのだから……。記憶を失ってもたった十六年だ。また十六年かけて覚えればいい」

しかし、これには緩く首を振り、テオバルトは柔らかく微笑んでくれた。

（いい人だなあ。そして、クレハ……ちゃんは大事にされてたんだね……）

切ないような、申し訳ないような、居心地の悪いような。

なんともいえない苦味が口に広がり面伏せる呉葉の表情を誤解したのか、「だからそう落ち込むな！　わからないことはいくらでも僕が教えてやる！」とテオバルトは鷹揚に請け合ってくれた。

さて。奇跡的に息を吹き返したということで、まずは体調がしっかり回復しているかを確かめねばと、早急にかかりつけ医師が呼ばれた。

が、呉葉入りのクレハは「健康そのものです！」という診断を受けた。

「おおお……いやはや、いやはや、これはこれは……」

普段から邸に詰めてお世話をしてくれているという公爵家専属の侍医は、気の好さそうなおじいさんで、脈を取ったり熱を測ったり問診したりとひと通りを経て目を丸くした。

「テオバルト閣下、奇跡です。にわかに信じがたいことが起こっておりますぞ。この老いぼれも、こんな経験は初めてですが……クレハお嬢様は、今までにないほどお元気でいらっしゃるようです。お嬢様といえば生来、測りながら脈が途絶え、顔色は常に白を通り越して青ざめ、呼吸すれば咳き込み、果ては血を吐くようなご状態でしたのに……」

（そんなに⁉）

「魂もよく魔力に馴染んでおいでです。記憶喪失というのは気がかりですが、毒の後遺症がそれだけですんだとすれば、むしろ不幸中の幸いだったやもしれませぬな……。お身体は実に健康そのもの。いやはやめでたい。わしが保証致しましょう！」

一度は死を覚悟したほどの患者の病状が、驚くほど快方に向かっているので機嫌をよくしたのか、ジイな侍医はそのまま祝杯でも挙げそうな雰囲気で部屋を去っていった。

晴れて医師のお墨付きをもらったところで。

呉葉はやっとテオバルトに、『クレハ』についてやらこの国のことやらなど、あれこれと尋ねることができるようになった。

（……で）

テオバルトの話によれば。

この世は、天空の国に住まう幾百の神々が創りたもうたもの。

そしてクレハやテオバルトの血筋、メイベル公爵家が属するエーメ王国というのは、神々に愛されたとりわけ豊かなヴィンランデシア西大陸の中でも、二番目に大きな国なのだそうだ。

現在は、先王が去年崩御されたところなので、中継ぎとして急遽その正妃であったベルナデッタ・ジスカルド・エーメ女王陛下が即位したところらしい。

——という序段を聞いた時点で、早々に呉葉は結論づけた。

（つまり、ここって異世界なんだ⁉）

ちなみに地味に気になっていた「身分のこうしゃくって、どんなエラさのこうしゃくですか」問題についても自動的に解決する。メイベル公爵家というのは、その崩御した先王の妃で現女王であるベルナデッタ陛下の生家で、彼女はテオバルトとクレハ兄妹の伯母にあたるとのことだ。そのベルナデッタのみならず、代々王后を何度も輩出しているらしい。

思ったよりもすごかった。

（クレハちゃんって、本当に大変ないいところのご令嬢だったんだ……！）

さらに驚いたことに、この世界には、魔法というものが普通に存在しているらしい。

これがゲームや映画なら「ガッチガチに中二病設定ですね、そういうの私も好きですよ」ですむところだが、残念ながら今ガチなのは現実の方である。

人間は、誰しも魔力を魂に宿して生まれる。というより、魂が素質そのままに受肉する、といった方が正しいらしい。例のジイ侍医が「魂によく魔力も馴染んで……」などとのたまっていた時点で薄々嫌な予感はしていたが、異世界なばかりか魔法まであるとは。

（いくらなんでもさすがにファンタジーがすぎる……）

「肉体は魂の具現化、魂は魔力の器なのだ」

思わず気が遠くなりかける呉葉に、辛抱強くテオバルトは説明してくれた。

魂が強ければ、肉体も比例して、自動的に健康健全マッチョになる。受け皿がマッチョなら、溢れるほど強い魔力があっても受け留められる。そうして大体の人間は、身の丈に合った魂と、魂に見合った魔力のバランスが取れた状態で生まれてくるものだという。

だが、たまに不運な人もいるらしい。

魂は強いが魔力ゼロというケースなら、まだ「しょうがないな、魔法が使えなくて不便だけど……」ですむが、魂が弱くて魔力が強いと悲惨なことになる。

魔力のボリュームは他の要素に合わせて自己調節ができない。そのため、強い魔力を維持するのに足りないエネルギーを、魂が際限なく肉体から吸い上げるのだそうだ。しかし、魂が弱いと自動的に肉体も弱い。つまりは、エネルギーはあっという間に枯渇する。そんな状態で、長く身体が保つはずもなく、――果ては生命力がすっからかんになって早死にしてしまう。

「お前は特に魔力が強くてね……受け皿になる魂や身体の方が、それに見合うだけの強さが到底保てないほどで、ずっとベッドから起き上がれないくらいに病弱だったのだよ。魔法の属性からして、致し方なくはあるのだが……」

「属性？」

「一口に魔法といっても、もちろんなんでもできるわけではなくてな、それぞれ生まれ持った特質がある。僕の場合は水だ」

サイドテーブルに置いてあった水差しから、瀟洒な絵付けグラスに水を注ぐと、テオバルトはその上に指をかざした。

「！」

呉葉の見ている前で、くるんと球形になって宙に浮かび上がった水は、ふわふわとテオバルトの手の上を漂うと、シュワッと蒸発して消えてしまう。

（すごい。手品じゃなくて、魔法なんだこれ……！）

感動する呉葉の前で、「やはりこれも覚えてはいないか」とテオバルトは苦笑した。

「お前の生まれ持った魔力は特別強く、魔法を使わずにただ息をするだけでも命を削られるほどだった。おまけに、僕のような水の魔力持ちはそう珍しくもないが、お前の持つ特性はあまりに希少で、対処法も編み出されていなかったのだ」

「……そうなんですか？　けど……その、魔力の量に見合うだけ頑張って身体を鍛えたら、元気になれるのでは？」

「残念ながら難しいのだよ。誰しも魂が弱ければ、いくら闇雲に肉体を鍛えたところで、決して健康にはなれぬのだ」

だから、普通の魂に驚くほど高すぎる魔力を宿していたクレハは、尋常ではなく虚弱体質だったらしい。ちなみにテオバルトも大きな魔力を持っているが、やはり魂と肉体の強度はさほどでもないため、武術の類は苦手だという。

（そうなの……⁉）

魂からマッチョでなければ肉体をいくら鍛えても限界があると聞き、「筋トレに裏切られる世界観なのか！」とつい呉葉は動揺した。自分の知っている筋肉とは、磨けば磨くほどついてきてくれるものだから、いついかなる時も味方のはずなのに。

「あの！　テオ……おに、お兄さま」

「どうした妹よ」

「さっきおっしゃってた、イザークというのは……」

この際だから気になっていることはできるだけ尋ねておきたい。慣れない「お兄さま」呼びに四苦八苦しつつの質問に「ああ！」とテオバルトは表情を明るくした。

「イザーク・ナジェドと言ってな、ハイダラ帝国からここエーメに遊学中の、僕たちにとって最も気心の知れた相手だ。まあ、単なる長年の友というにはちょっと複雑な立場だが……気のいい親しみやすいやつだから、すぐに仲良くなれるだろう」

「はあ……」

「あいつもお前をかなり心配していて、命を救うために方々調べてくれていたのだぞ。また時間ができた時に呼んでくるから、元気な姿を見せてやっておくれ」

屈託なく『イザーク』のことを話す様子からして、きっと彼にとって親友のような相手なのだろうと予想がつく。そのうち顔を合わせるかもしれないと名前を記憶に刻んだ。

あとは、もう一つ。呉葉は、目覚めてから地味に気になっていたことを尋ねてみる。

「ええと、それからテオお兄さま。わたくしに毒を盛ったという相手は……？」

「大丈夫だ」

この質問にだけは、みなまで言わせないうちにテオバルトは首を振った。

「お前が心配することは何もない。身体を労り、養生することだけを考えなさい」

「は、……はあ……」

（犯人は捕まったってことで……いいのかな？）

それにしてはなんとなく引っかかるものがありつつ、突っ込んで訊ける空気でもない。

今日はここまでと見切りをつけた呉葉は、習った内容のおさらいをしてみた。

（あの女の子……というかこの身体の持ち主は、クレハ・メイベル。エーメ王国の名門、メイベル公爵家の長女。生まれつき魔力が強すぎて、ずっと家から出られもしなかった。病弱で、薄幸な貴族令嬢……）

今の自分はどうだろうか。

とりあえず、テオバルトの言うような「夜眠ったら翌朝には亡くなっているのではないかと心配になる」レベルの不調はない。それどころか、目覚めはスッキリ爽快だし、今すぐ鼻歌まじりに走り込みやトレーニングにでも出たいくらい快調なのだ。誰ぞ私と組み手をしてくれまいか。

（どういうこと？）

ヒントがあるとすれば、「その強靱な魂、わたくしにくださいませ」というクレハの言葉だが――。

（よくわかんないけど、肉体と魂が連動するとか言ってたよね？　もし魂ごと私と入れ替わっちゃったんなら、あの子はこの身体に戻ってこられないんじゃ……）

もぞもぞと心配な気持ちで落ち着けずにいると、そんな妹の様子を、テオバルトは別な具合に勘違いしてくれたようだ。

「おっと。すまなかったな、いくら回復しているとはいっても、調子に乗りすぎてしまった。さすがに疲れただろう」

「あ、……いえ……」

しどろもどろになる呉葉の髪を梳くようにさらりと撫で、「ここで気を抜いてぶり返しては元も子もない！　さあ、もう少し寝ていなさい」と優しく語りかけると、テオバルトは名残惜しそうに部屋を後にした。

妹が一命を取り留めたことがよほど嬉しかったのだろう。スキップでもせんばかりのその背からも、ウキウキと弾んだ心地が伝わってくる。

（やるせない。私、本物のクレハちゃんじゃないんです……すみません……）

申し訳なさが、ちくりと胸を刺した。

#3

どうして鳴鐘呉葉は、クレハ・メイベルと入れ替わることになったのか。

そもそも、どうしてクレハと邂逅し、話すことができたのか。あの青い空間はなんだったのか。そして、この「世界」は一体「何」なのか……。

周りを見回しても、わからないことだらけ。

（なんて言ってもしょうがないし、少しずつ情報収集をしていけばいいか）

ひとしきり混乱した呉葉だが、結局割り切って生活しようと決めるまで、そう時間はかからなかった。これでも適応力はそこそこある方だと自負している。

ただ、この身体が借り物だということだけは、常に肝に銘じておかなくてはならない。

（いつ本物のクレハちゃんが戻ってくるかわからないんだし。それまで健やかに過ごせるように大事に使わなくちゃ）

とりあえず、返却期限が未定のレンタル人生だと考えるほかない。レンタルですむのかリースになるのかさえ、今のところは不明だが——それよりも。

（テオバルトお兄さん……仲がいいとは言ってたけど、こんなに恐ろしく過保護ってのは聞いてない……！）

病み上がりだから余計にかもしれないが、呉葉がベッドから出ようとする度、テオバルトときたら、この世の終わりのごとき悲壮な顔をして止めにかかるのだ。さらには、寸暇を惜しんで枕辺で何くれと世話を焼いてくれた。

甘苦い薬湯を煎じたり、頭を冷やすための氷水を魔法で作ったり、「病人食代表です」という感じのミルク粥を甲斐甲斐しくスプーンで口元に運んでくれたり、リンゴらしき果物をナイフで剝こうとして、間違えて指を切って大騒ぎになったり。

なお、例のおじいさん侍医――ちなみに名前を確かめたら『ジイーン』ということだったので、今後は張り切ってジイさんと呼ぼうと思う――曰く、予後は順調らしい。

「あのー、テオお兄さま？　お医者様の見立てどおりわたくしとっても元気ですし、外の空気を吸いたいのです。そろそろ床上げしてもよろしいのでは……」

「いや、そう言って外に出て風に吹かれては七日七晩寝込むのが、お定まりになっているではないか。悪いことは言わない、休んでおきなさい」

「……はい」

本を読みたいと言えば「夢中になって寝食を忘れそうだ」、ベッドの上でストレッチするのも「骨折しかねない」で禁止。窓を開閉するのさえ「指を挟むからダメ」ときた。

（そのうち『呼吸する時は気管に空気を詰まらせぬよう』とか心配されたりして）

ならばテオバルトの目を盗んでこっそり外出を……と試みても、なぜか絶対に百発百中でバレる。呉葉が部屋のドアをくぐるだけで、彼が即座に飛んできて、膝づめでこんこんと説教された。かなり広そうなお邸なのに、どうやって察しているのか、甚だ奇怪だ。

（メイドさんたちとも最小限の話しかできないし。これじゃ情報収集しようがない……）

心配してくれているところ、恐縮至極だし申し訳ないが。

正直、呉葉はげっそりした。「意図的に外界から隔離しているのか？」とすら感じる。

（テオバルトお兄さんに、中身の入れ替わりを悟られるわけにはいかない。ここは大人しく病弱なふりをしていないと……なんだけど。コレ、きっついわ……）

ただベッドの上でヤキモキするばかりで、なんの収穫もないまま一日経ち、二日経ち。

三日経った。

そんなこんなで、フラストレーションを限界近くまで溜めて迎えた、四日目の朝。

今日も今日とて、テオバルトは呉葉のベッドのそばに置いた椅子に控え、危うげな手つきでまたリンゴ的なもの――名称が気になって尋ねたら、こちらでも普通に『リンゴ』というらしい――をショリショリ剥いていた。「お兄さまの雄姿をごらん。今度こそうまくやってみせるからな」などと宣言していた彼だが、案の定、皮に果実がほとんどくっついて、中身がひと回り小さくなっているような有様である。しかし、せっかくのやる気に水を差したくはないので、手を出しあぐねた呉葉はハラハラと見守っていた。

(これはまた一日ベッドに張り付けかなあ……とほほ)

——と、呉葉が内心で眉間を押さえていた時だ。

不意にテオバルトは暗い面持ちになり、皮が剝かれた——というより芯に残りの身がくっついたと表すべき——リンゴと果物ナイフとをテーブルに置く。

そして呉葉の手をぎゅっと握ると、深くため息をついた。

「クレハ、ひとつ謝らなければ。僕は今日、王宮に出仕せねばならない……」

「え」

「いちおう僕も官職を賜っている身だからな。お前の容体が重篤だということで、今までしばし看護のための休暇をお許しいただいていたのだが。病状が安定したならとっとと出てきて山積している仕事を片付けよと、ベルナデッタ伯母上、……いや女王陛下じきじきに、矢の催促をされているのだ」

「……は、はい」

ということは。

「テオお兄さまは、……ひょっとしてひょっとしなくても、今日はずーっとお留守でいらっしゃるのですか？」

目一杯の期待を込めた呉葉の眼差しとは裏腹に、テオバルトはがっくり肩を落とした。

「そういうことになるな。ああ、そう心配せずともいい。夕刻には戻るし、ジイーンや使用人たちが控えてくれているから、遠慮せずなんでも頼るのだぞ。それと、何か困りごとがあったら、……いやなくても、僕に気軽に連絡をしておくれ」

「はい」

「他に言うことはなかったか、ええと……そうだ、できるだけ呼吸はゆっくり慎重にするようにして、くれぐれも空気を喉に詰まらせないように気をつけなさい。病み上がりな上に記憶まで失ってしまったお前が心配でならないが、こればっかりは王国に仕える者の使命だ。仕方がない……」

首を力なく振ってうなだれる兄に、呉葉は満面の笑顔で請け合った。

「お構いなく、テオお兄さま！　わたくしのことなど一切合財気にせず、きっぱり忘れてきっちりお仕事されてきてくださいませね！」

すべて国民は勤労の権利を有し義務を負う、と日本国憲法には定められている。いやもちろんここはエーメ王国なる地で日本ではないのだが、是非とも心置きなく務めを果たしてきてほしいものである。

（何よりも……お兄さんがいないなら、外に出る絶好のチャンスってことよ）

喜びが思いっきり顔に出てしまっていたらしい。

「なんだ？　少しの間とはいえ、僕と離れてしまうというのに、お前ときたら妙に嬉しそうな顔をするではないか……お兄さまはちょっと拗ねてしまうぞ」

ニコニコと緩む両頬を押さえる呉葉に、テオバルトは子どもっぽく唇を尖らせていた。


テオバルトがしぶしぶメイベル邸を後にするのを見送ってから、呉葉は部屋を訪れたメイドたちに、おっかなびっくり「服を着替えたい」と依頼した。

彼女らは互いに顔を見合わせていたが、「いつまでも寝巻きのままだと、気持ちまで病がちになってしまうから」ともっともらしく説明すれば納得してくれた。

なんとなく覚悟はしていたが、こちらの世界の貴族女性は、やはり基本的にズボンなど穿かないらしく。準備してほしいと言ったら「お嬢様、乗馬でもなさるおつもりですか!?」と目を剝かれたので、慌てて撤回する運びになった。

そうして着付けてもらったのは、足首まである若草色のワンピースドレスだ。綿素材で肌触りがよく、レースで飾られた裾は広い作りで、歩くたびひらりと軽やかに揺れる。

(脚がスースーする……学生時代の制服ですらワンピースじゃなかったのに)

仕事でもパンツスタイルが基本だった呉葉は、慣れない衣装にたじろいだ。

そういえば過去、女子力の高い友人に「呉葉っちは高身長イエベだしぃ、ビビッド暖色系のマキシ丈とろみ素材のマーメイドとか似合うと思うっ！」と勧められるまま試着した赤のワンピース姿が、水揚げされたニシキゴイにしか見えなかった一幕を思い出す。なお友人の言葉の意味は、今でも助詞以外解っていない。とろみ素材ってなんぞ。山芋か？

（今はクレハちゃんの美少女ビジュアルだから半魚人化は免れるとはいえ、もう少し動きやすいものだと嬉しいのだけど）

念のため、もう少し着丈が短いものはないかだけメイドの一人に確認してみたが、やはり「とんでもない」という反応が返ってきたので諦めた。

「ええと。ゆっくりしたいので、声をかけるまでは一人にしてくださいますか？」

着替えや髪結いが終わったのち、「やんごとないお嬢様の態度ってこんな感じ？」と迷いつつもお願いしてみると、彼女らは得たりと頷いて退出してくれた。

（さて）

朗らかにメイドたちを見送ったあと、呉葉は表情を引き締める。

（晴れて自由時間を得たとはいえ。万が一にもテオバルトお兄さんに心配かけちゃ悪いし。夕方までには戻ってこなくっちゃね）


幸いにしてメイベル邸におけるクレハの部屋は、庭園などに散歩がしやすいようにか、一階にしつらえてある。本来の呉葉なら地上五階くらいまでなら生身でノーロープダイブを決めても問題なく着地できる自信があるが、この華奢なレンタルボディでいきなり試す勇気がないのでありがたい。

（でも、多分だけど……この感覚が間違いじゃなければ、今の『私』も、前と同じように動ける気がするのよね）

　かくして、メイドほか使用人たちの目を盗み、窓から無事に脱出を遂げた呉葉は、抜き足差し足で敷地内を歩き、塀を探していた。

（それにしても広い家……。テレビ番組とかでやってる、セレブの豪邸訪問してる気分）

　庭木に水やりをする庭師の目を盗んでは、池や小川に橋までかけてある広い庭園を抜け、丸くトピアリーに刈り込まれた薔薇園の迷路を突破し。あっちこっちをさまよううちに、どうにか敷地の端と思しき高い鉄柵までたどり着くことができた。

（高さは三メートルってとこかな。前の私なら、楽に越えられる程度のものだけど……うん。腹を括って、いっちょ試してみますか）

　準備運動に軽く屈伸した呉葉は、先端に防犯用の剣までついた鉄柵を見上げた。

　さらに、周囲を見渡して誰の目もないことを再度確認すると、ドレスを脱いで下着姿になり、服一式を丸めて柵の外に放り投げる。こちらは下着も仕様が凝っていて、パンツなんて膝丈まである、「もうこれだけ穿いてりゃズボンってことでいいんじゃない？」というひらひら付きの代物だ。ドロワーズというらしい。

ドロワーズとシュミーズという、テオバルトが見たら卒倒しそうなあられもない格好のまま、一旦柵から距離を取る。そろそろかな、というところでくるりと柵に向き直り、全速力で助走をつけると、勢いよく地を蹴った。

「！」

やった。——思ったとおりだ。

呉葉は軽々と宙を舞い、指は鉄柵の上部を掴む。

そのまま柵を飛び越えると、小柄な体は、ストンと綺麗に地面に着地を決めた。

「身体、かっる！」

負荷が少なすぎて思わずバランスを崩したものの、自分の手足を確認しても、どこも痛めている様子はない。

四苦八苦しつつ元通り衣服を身に着けながら、呉葉は結論づけた。

（どういう理屈かわからないけど、私本来の骨密度とか筋肉量とか、この細腕の中に全部収まってるみたい……）

肉体は魂の具現化、だっけ……。呉葉は、テオバルトの言葉を反芻した。

つまり、今の自分はかつての肉体の強靱さを保ちつつも、見た目はひ弱な公爵令嬢クレハのまま、と。外装こそ薄幸の美少女だが、中身は経験実力技術合わせて、二十九歳の鳴鐘呉葉そのものというわけだ。

（違和感がすごい）

しかし健康なのは感謝すべきだ。身長や体重は如何ともしがたいので、地道に今の視野や間合いなどに馴染んでいくしかないが、さほど時間はかからないだろう。

（こういうのは習うより慣れろってね）

まだまだ日は高い。テオバルトが戻ってくるまでには帰宅しておかねばならないとはいえ、柵で囲まれている箇所ならどこからでも入れることが判明したのだ。

（まずは市街地の見学に行こうかな！　ひとつでも多くこの世界のことを知らないと）

こうして晴れて自由の身となった呉葉は、意気揚々と邸を後にしたのだった。

「うわっ、ほんとにファンタジーだ……」

というのが、市街地に着いた呉葉の抱いた第一印象だ。

（すごい。ヨーロッパ風のRPGゲームの世界に入り込んだみたい……）

そして、おそらくは豊かで平穏なのだろう。

細緻な装飾が施された石造りの家々には、どこもベランダに彩り鮮やかな花籠が置かれ、街路樹なども整備されて、全体的に手入れの行き届いた街だという印象を受けた。

（あ、市場がある。海外に出た時はスーパーマーケットを覗いたら現地の生活事情がわかるっていうよね。よし、行くか）

思い立って足を向けた先。

色とりどりの天幕の張られた市場には、アジやヒラメなどお馴染みの形状の魚のみならず、牙のあるニワトリや三本角のヤギなど面妖な鳥獣の肉なども吊るされていた。

市場には、通りごとにそれぞれ専門があるらしく。スパイシーな匂いを放つ肉料理の屋台が軒を連ねる食堂街、パン屋ばかりひしめき合って小麦の焼ける香ばしさに満ちた路地、衣装や装身具などを扱う店ばかりのエリアもあって、なかなか興味深い。

特に気になったのは刀剣や甲冑などの武具を並べてある筋だが、「財布も持っていないのに冷やかすのも……」と尻込みして入るのは断念してしまった。そもそも財布どころか、この国の通貨も知らないし、買い物の相場もわからない。看板や値札は読めるので、それぞれの品物と価格を見比べながら地道に勉強していった。

街は全体的に石や赤煉瓦造りで、かつ立体的な構造をしている。幅の狭い階段や細い通りが複雑に入り組んだ先は広い大通りにつながり、さらに進めば泉のある広場も見えた。

エーメという王国の中で、ここが首都なのか地方都市なのか、どちらにせよかなりの賑わいだ。極め付きに、空を見上げれば信じられないものまで浮いている。

（ええ⁉　し、島が浮かんでるー⁉　どう見ても雲とか飛行船じゃないよね⁉）

本当に魔法の世界なのだ……と。巨人が海から引っこ抜いて放り投げたように、大きな浮島が蒼穹の彼方を漂っている光景を見上げつつ、呉葉はあんぐり口を開けた。ひょっとしたら、探せばドラゴンなぞもいるのかもしれない。さても遠くに来たものだ……。物珍しさにあっちを見たりこっちを見たりしながらふらふらしているうちに、呉葉はいつの間にか、薄暗い裏路地に入り込んでしまっていた。

（……いちおうこういう場所もあるんだなあ。それはどこも一緒か）

残飯やゴミが石畳の路上に散乱し、薄汚れた物乞いが道端で膝を抱えている。

この街の治安はいいようだが、日本の都会の地下道などでも似たような光景はたびたび見かけるので、やはりどこに行っても物ごとには表と裏があるものかもしれない……などと、感慨深く思いながら、呉葉が来た道を引き返そうとした時だった。

「離してください！」

道の奥まったところから、悲鳴のような声が響き、呉葉は足を止めた。

「いきなり何するんですか！　あたし、先を急いでいるんです……！」

「へへ、急いでるんですぅ、だってよ。聞いたか？」

「可愛いじゃねえか。おいおい、そう焦らずに待てって」

「いいだろお嬢ちゃん。ちょっとくらい。なあ？」

甲高い拒絶は若い女性のもの。それに絡むのは、タチの悪そうな男たちの声である。

（……え。そんなお約束な）

ぎくりとしつつ、呉葉がそちらに急ぐと、案の定の事態が展開していた。

見るからにごろつきらしい、スキンヘッドだったり刺青を入れたりの筋骨隆々の集団が、町娘風の装いの少女を取り囲んでゲラゲラと笑っている。

男たちは、かわるがわる少女の肩や背を小突いては狩りのように行き止まりに追い込むと、「今日のは当たりだな」とこれまたいかにもな悪人の台詞を吐いた。

（まずい。早く警察に……っているの？　ここ）

治安が保たれている以上、警察組織に該当するものがあるとしても、呉葉には判別がつかない。探しているうちに、彼女が取り返しのつかない目に遭わされる懸念もある。

ダメ押しに、男たちに囲まれた少女のすすり泣きが響いてきた。

（しょうがない！）

この時点で、早々に呉葉は覚悟を決めた。本物のクレハちゃんごめんなさい。返却までできるだけ丁寧に扱う予定だったけれども、さすがにこれは見過ごせない。

（とりあえず五人、腰にナイフ下げてるのが一人。目視できる位置に飛び道具の装備はなし。要注意事項として、魔法とやらを使ってくるかどうか。あとは私の服だけど……動き慣れてきたし、きっと大丈夫）

「あんたたち、何やってんの」

少女の服を剝ごうとする男たちの手を、声をかけて止める。

男たちは振り向き、呼びかけてきたのが年端もいかない少女だったことに驚いたのか、一斉に妙な顔をした。おまけに、明らかに身なりのいいご令嬢といった風情なのだ。

全員の怪訝そうな視線を受け、呉葉はあえてニコリと微笑んでみせた。

「やめなよ、その子嫌がってるでしょ。いい年こいたおっさんたちが揃いも揃って。発情期の犬でももっと礼儀を弁えてるわ。見ているこっちが恥ずかしい」

挑発的な台詞を投げつけると、途端に男たちは気色ばんだ。

「へえ？　お嬢ちゃんが代わりに相手してくれるって？」

手前にいたスキンヘッドの男が下卑た調子で問いかけてきたので、ニッと薄く笑みを唇に刷いた呉葉は、「その子を放してくれたらね」と応じてみせた。

穏便にそっと邸を抜け出して、適当に散歩したら戻るだけのはずが、こんな事態になってしまって。本来ならば苦々しい心地を味わうべきなのは、重々承知しているのだが。

（はー、我ながらしょうがないなあ）

呉葉はため息をつく。

否定できないことに、――期待と高揚で、血が騒ぐのだ。

#4

さて。

話は呉葉がごろつきたちと対峙している市場の路地裏から、時と場所とを少々移す。

イザーク・ナジェドはその日、朝早くから王宮にいた。

紅玉髄宮と称えられるエーメ王国の宮殿は広く、その呼び名のとおり、高級な深紅の塗料や赤大理石がふんだんに使われた美しい城だ。首都ツォンベルンに暮らす臣民の誇りとも言われる。

しかし、その宮殿に毎日のように顔を出す身でありつつ、あいにくとイザークはエーメの出ではない。

ヴィンランデシア西大陸随一の国土面積を誇る、エーメの隣国ハイダラ帝国から遊学中の第二皇子なのである。今年二十歳になったばかりのイザークは、十三の歳にこの国に来た。領土を近しくする大国同士の宿業とも言うべきか、エーメとハイダラは長年敵対していて、七年前にやっと永年友好条約が結ばれたばかりだ。

要するにイザークの遊学は形式上のもので、実態は人質。多くのエーメの貴族たちからイザーク「殿下」ではなく、皮肉を込めてナジェド「卿」と呼ばれている所以である。うなじまで伸ばした癖のある黒髪は、エーメの貴族たちの流行である花香油で撫でつけ――ることはせず奔放に跳ねさせ、エメラルドの瞳はいつも好奇心に輝く。気ままな印象に違わず、振る舞いや口調も、いかにも気さくで人懐っこく、もう少し言えば軽薄にすら映る。

――というのは見せかけの話で。

実際の彼は、割と理性の人であった。

代々ハイダラ帝国は、皇子同士が熾烈な跡目争いの果てに、他の兄弟を全滅させて皇帝の座を得る。兄の第一皇子とは対立せざるを得ない立場だったが、「皇帝の座は兄貴がやる気マンマンらしいし、そっちが継げばいいんじゃないか?」と、政争回避のため自ら人質に名乗り出たのだった。

故郷にも遊学先にも敵が多い身の上だったイザークだが、少年の頃からの遊び相手であったテオバルト・メイベルとだけは、不思議なほど意気投合できた。腹芸が身上の貴族社会にあって、公爵家の嫡男であるにもかかわらず、テオバルトが基本的に己を偽ることを知らず、いつでも表裏なく接してくるためかもしれない。

外見も性格も正反対だが、お互いの国や立場という垣根を越えて、テオバルトは彼にとって気安い友だ。だが、このところ、テオバルトは瀕死の妹の容体を見守るため、イザークで故郷にまつわる諸事情に追われて、直接は顔を合わせていない。

テオバルトが命よりも妹を大事にし、何においても妹優先であることは、イザークも承知している話だ。その彼女が毒を盛られて死の淵にあるというのは、イザークにとっても懸念事項のひとつではあった。

その矢先――生死の境をさまよっていたクレハ・メイベルが一命を取り留めた。

テオバルトから、そんな吉報がイザークの元に届けられたのは、つい先日のこと。

賢明な彼は、そもそも妹の危篤状態を、主君たる女王ベルナデッタと公爵邸の忠実な兵や使用人、そしてイザークを除き、世間には伏せてあるという。「無論、回復のことも秘密にしてほしい」と前置きした上で、興奮を隠しきれぬ筆致でテオバルトが伝えてきたのは、にわかには信じがたいような話だった。

なんでもクレハ嬢はただ回復するに留まらず、長年彼女を診てきた侍医が舌を巻くほどに健康そのものらしい。

（まさか。だって……あのクレハ嬢が？）

イザークは眉根を寄せた。

兄の方とは親しいものの、病弱すぎるクレハとは、見舞いで顔を合わせた時に話をするのがせいぜいだ。もちろん「助かったなら良かった」とは思うのだが。それにしても、あんなに儚く脆かった公爵令嬢なのに？　動くだけで血を吐くと揶揄される病弱令嬢が、健康そのもの？　そんなバカな……。

あまつさえテオバルトは、「現在の妹はかつてないほど生気に満ち溢れていて、顔色もまるで別人のようにつやつやしている」とまで手紙に書いていた。

（テオのやつが話を盛っている可能性もあるが、そんなことをする利点も特にない。持ち直したならめでたいですむ話なんだが。……妙に引っかかるんだよな）

忙しなく宮殿の中を行き来しつつ、悩みは尽きない。日差しの強い国土で暮らすハイダラ人にしては色素の薄い指でうなじをガリガリと掻きつつ、イザークはため息をつく。

（……まあいい。命があったならそれで。……そもそもクレハ嬢が毒を盛られたのだって、俺の故郷の問題が絡んでる。後味が悪いことにならずにすんだんだから、上等だ）

思いを巡らせつつも、その日の用事を昼前には諸々終わらせたイザークが、そろそろ王宮を辞そうかと、正門を目指していた時だった。

「イザーク、イザーク！　大変だ！　助けてくれ」

まさに考えごとの中心であった当のテオバルトが、息せききって駆けてきたので、前庭を歩くイザークは足を止めた。

「……テオ？」

見るからに憔悴しきったテオバルトは、「久しぶり」とか「妹御の快癒おめでとう」なんて呑気に挨拶できる雰囲気ではなさそうだ。

勇ましい眉根を寄せて「どうしたよ」と尋ねるイザークの前で、膝に手をついて息を整えながら、テオバルトはどうにか吐き出した。

「く、クレハが、……クレハが邸からいなくなった……！」

「え」

その台詞に、思わずイザークは目を細めた。あり得ない。

「はあ……？　散歩にでも出たってことか？　バカ言うなよ兄弟。だってクレハ嬢、この間目覚めたばかりじゃないか。いくら元気になったっても、そこまでじゃないだろ？」

「そのはずだが……、いつもかけている水の魔術に、外出反応があったのだ。妹の部屋の窓が開けられて、中から人が出て行った形跡があった。邸に慌てて使いを出したら、案の定ベッドがもぬけのからだという！」

「なるほどね……ってかテオ。お前、邸宅中に水蒸気の網張って妹の動向を察知するあの悪趣味な魔術、まだやってたのか。やめとけって言っただろ。いい加減、嫌われるぞ」

賊を防ぐならともかく、妹の様子を逐一こっそり探るのは変態の域だと何度指摘しても、す取り乱す。

この友人はいっかな改めようとしない。つい半眼になるイザークに、テオバルトはますま
「だがあの子に何かあったらどうする！　いいや現に今、どうにかなってる！　ああ、どうしよう。どうしたら。万が一にもまた妹が命の危険に晒されてでもいたら……その時は、お前を殺して僕も死ぬ!!」

「特大のとばっちり来たな!?　じゃなくて落ち着け！　ほら深呼吸」

「息の仕方を忘れた！」

「吸って吐け！」

「スーハー！　はぁああ……おおぉん……！」

とうとう両手で顔を覆って地べたに跪くテオバルトに、「だめだこりゃ」と思わずイザークは眉間を押さえる。

この友はいつもそうだ。普段は『エーメ王国の叡智』や『怜悧の公爵』などと呼ばれる知性派なのに、ちょっと妹が絡むだけで、一瞬にしておつむが悲惨なことになる。

荒く肩で呼吸をしながら、涙ぐんで赤く充血した青眼をこするテオバルトの肩を叩き、

「で、……落ち着いたかい？」とイザークはため息をついた。

（……しょうがない）

「事態が逼迫してんのはよくわかった。俺もすぐ捜しに出る。うちの護衛士もみんな捜索

に向かわせるから。彼女を見つけ次第、すぐにお前に連絡するよ」

言い含めるように提案をすると、テオバルトはようやく彼本来の判断力を少しだけ取り戻せたらしい。

「では、……僕は邸内をしらみ潰しに捜させるから、イザークは念のため市街を頼めるだろうか？　門衛から妹が出て行った報告は受けていないし、考えたくはないが、……まさかということもある。すべてできる限り内密に……。念のために妹の状態は世間には伏せたままでいたいのだ。しくじったと知った暗殺者がまた襲ってくる危険もあるのでな」

「それはもちろんそうだろうとも。けど先に一つ確認させてくれ。クレハ嬢本人には、安全のために息を潜めておくよう、きちんと伝えてあるのか？」

「まさか！　言うはずがなかろう。恐ろしい刺客が来るかもしれないなどと脅かして、あの子を無為に不安にさせたら可哀想ではないか」

「……で、お前の言葉どおりクレハ嬢が信じられないくらい健康的になってたとして。その元気いっぱいのところに、理由も一切知らせずにひたすら寝ておけと自室に軟禁していたわけだ、テオは」

「いやそんなわけでは……そうと言えばそうかもしれないし、実際そのとおりだな……？」

「……」

イザークはとうとう額を覆った。徹頭徹尾の異常過保護め！

「まあ俺も気持ちはわかるよ。わざわざ出るなと伝えなくても、以前のクレハ嬢ならそもそもベッドに釘付けだもんな……」

「ううっ。手間を取らせてすまない、イザーク。お前の炎の鳥を使えば、上空から捜せると……」

「任しとけって。さすがに街までは出てないと思うけど、念のため、ってことな。クレハ嬢はきっと、邸の庭でうたた寝でもしているはずだよ。しっかりしろって。あのクレハ嬢だぞ？ お前の邸をぐるっと囲むバカ高い鉄柵を、彼女が越えられると思うか？」

「そうだな、そうだとも……だといいが……だといいんだが……」

そこでふと、テオバルトはさらに顔を青ざめさせた。

「ああそうだ、大事なことを言い忘れていた。あの子は今、毒の後遺症で記憶を失っているのだ」

「……記憶を？」

「ああ。覚えているのは自分と僕の名前だけ。家のこともお前のことも、それどころか女王陛下の御名すらまるっきり忘れてわからぬという」

「そりゃまた穏やかじゃないな」

イザークは顔をしかめた。まさかそんなことになっていようとは。

「だったら尚更落ち着けって。メイベル家当主のお前が、どんと構えずにどうする。すぐに見つかるさ。そうしたら、病弱だったクレハ嬢が『ちょっとそこまで』の散歩ができるくらい元気になったことを祝おう。な？」

ショックのあまり足取りもおぼつかない親友の背を叩き、あえて明るい声で「大丈夫だ」となだめすかしつつ迎えの馬車に押し込んだのが、つい数分前のこと。

（さてと）

自らも市街地に向かうため馬を取りに駆けつつ、イザークは手のひらを上に向け、強く魔力を込める。

テオバルトとの心地好い関係は継続したい。とすると当然、妹の捜索に尽力しない手はない。

彼もまた、クレハやテオバルト同様、大きな魔力の持ち主だった。それも、強靱な魂と体力によって裏打ちされたもの。――彼の操る属性は炎と熱だ。

「クレハ嬢を捜してくれ」

やがて、オレンジ色に輝く炎の鳥が、宙に何羽も生み出される。それらを一斉に天高く放ちつつ、イザークは厩へと足を早めた。

エーメ首都ツォンベルンの上空に数羽の炎鳥を放って見回らせる傍ら、己の専属護衛

士たちや、邸内を文字通り血眼で捜すテオバルトからの報告を待つ。しかし、いっかなクレハ嬢発見の知らせはない。

(残る可能性は、本当に市街に出たってことか。けど、どうやって？　行けるはずもないってのに。それに記憶喪失だとか言っていたぞ。クレハ嬢のこれまでの体調を考えたら、今頃帰り道もわからずどこかで倒れていることも……)

すると自分の炎鳥が頼りになるわけだが、何しろツォンベルンは広大だ。闇雲に捜してもどうにもならない。

昼下がりになっても手がかりはなく。クレハの姿を自分もあちこち駆け回って捜しつつ、さすがにイザークは焦りを覚え始めていた。

これはテオバルトの言うとおり、非常事態と認めざるを得ない。

(くそっ)

これだけ捜して見つからないとすると、あと考えられるのは――

まさか、……誘拐？

(俺も迂闊だった。いくらクレハ嬢の状態を世間に伏せているからって、安全とは限らないのに)

毒を盛ってクレハを暗殺しようとした下手人はまだ捕まっていない。否、捕らえるどころか、再びの侵入を防ぐのも難しいほど厄介な相手なのだ。

彼女がさらわれて、あまつさえ危害を加えられていたとしたら。テオバルトの邸に、無理やり押しつけてでも自分の護衛士をもっと貸しておくんだった――などと、イザークがしても仕方のない後悔に駆られていた時だ。

王都の中央市場の方に向かわせた炎鳥の一羽に反応があった。どうやら、クレハの姿らしきものを見つけたらしい。

「こっちか！」

運よくちょうど市場近くの雑踏を目視で確認していたイザークは、慌てて馬をつなぎ、その足でクレハがいると思しき路地裏に向かう。

いつもながら、治安のいい首都でも裏に入れば薄暗くなり風紀も乱れる。あの病弱なメイベル公爵令嬢が単身でこんなところに出てきたとも到底信じられず、「本当にクレハ嬢か……？」と訝りつつその姿を捜すイザークの耳に、不意に、粗野な男たちの笑い声が響いた。

「お嬢ちゃんが相手してくれるって？」

（！　お嬢ちゃん、ってまさか）

慌ててそちらに向かうと、ちょうど壁や塀に囲まれて行き止まりになったところに、見覚えのある金髪の少女の姿がある。そして彼女は、タチの悪そうなごろつき集団に囲まれていた。背後に、町娘らしき少女を庇って。

最悪だ。

「クレ……！」

明らかにまずい状況なのは見ればわかる。

「へへ、勇ましくていいねえ。ひとつ覚えときなよ、高貴なお嬢サマのご命令ってのは、こういう所じゃ効かないんだぜ……」

思わず声をかけようとしたイザークの前で、ごろつきの一人が、おもむろにぬうっと太い腕をクレハに突き出した。

（危ない！）

彼女たちのいる場所までは、まだ距離がある。焦りつつ、とっさにイザークが腰に佩いた護身用の月刀に手をかけた時だ。

クレハは、彼にとってまったく予想外の行動に出た。

己に向けて伸ばされたごろつきの腕を、逆に掴み取る。さらには無造作に強く引き寄せたかと思うと、前のめりに均衡を崩した相手に足払いをかけたのだ。

「へ……？」

間抜けな声はイザークではなく、足払いを受けた男のものだ。

きっと、体勢を崩した自覚すらなかっただろう。次の瞬間には、男は地べたに転がっていた。脳震盪でも起こしたのか、眼球をグルンと白く回したまま動かない。

（……⁉）

あっけに取られたのはイザークも同じだ。幻でも見たかと目を疑った。

今、——何が起きた？

「立ち方からてんで隙だらけね。全員せっかく上背も腕力もあるのに、もったいない」

さらに、そこに凛とした高い声が響き、イザークは今度は耳をも疑った。

聞き違いでなければ、クレハのものだ。それが、ええっと、……なんだって？

少し離れた場所で、事態に頭が追いつかず完全に凍りつくイザークになど気づくよしもなく。クレハ——そう、間違いなく、よく知るあのクレハ嬢だ——はヒラヒラと鬱陶しそうに片手を振ってみせた。

「私、弱い者いじめは好きじゃない。今なら見逃してあげるから早く行けば？」

「んだとぉ？　……ざけんなよメスガキ。ぶっ殺せ！」

あからさまな売り言葉にいきり立ったごろつきたちが、一斉にクレハに飛びかかる。しかしイザークは、やはり剣に手をかけたまま助太刀することはできなかった。

揺らめくようにクレハの身体が動き、一人の腹に膝を打ち込み、さらに一人の顎を掌底で弾き上げる。

がむしゃらな動きで短剣を突き込んできた別の一人に至っては、するりと手を当てて攻撃を受け流すと、そのまま相手の腕の関節に肘を入れた。

「ぎゃあ！」

ボギッ、と鈍い音が場に響き、男の濁った絶叫が追いかける。

「脇が甘いっての」

捨て台詞にダメ出しをひとつ。奇妙な方向にねじくれた己の腕を庇って身を折る男のうなじに回転力を上乗せた踵を落とし、あっさりとクレハはその意識を刈り取ってしまった。

（……！）

不覚にも。

あまりに無駄なく鮮やかなその動きに——声すら出せず、イザークは見惚れた。

蹴り上げられた若草色のドレスの裾が、風を孕んで広がる。小鹿のように華奢な白い脚がドロワーズまで剝き出しになるが、すぐにふわりと閉じたレースの陰に隠れる。そのさまは、あたかも大輪の花が開き、閉じるまでを想起させた。

「クッソ！　なんだよ！　なんなんだよお前は!!　……これでも喰らえや！」

残るは一人。

だが、最後の男は裏返った声で叫ぶと、いきなり片手をクレハに向けて振りかぶった。

その中央がパッと明るく輝いたかと思うと、人間の頭ほどはあろうかという火球が宙から生まれ、彼女の顔面を焼かんと飛び出していく。

（……魔法！）

己と同じ炎の使い手か。ヴィンランデシア西大陸において、魔法の才を強く持つ者は血統的に支配者階級に偏っており、どう見ても平民だろう男があれだけの威力の炎を使おうと思えば、かなりの体力を消耗するはずだ。想定外の窮地に追いやられて、いよいよやけになったらしい。

火球は避けられる距離ではなく、このままでは直撃は免れない。間に合わないかもしれないとわかりつつ、イザークが今度こそ加勢すべく一歩踏み出した瞬間、クレハは型破りすぎる切り返し方をした。

「ヤッ！」

なんと、逃げるどころか瞳を輝かせるなり——拳を唸らせ、真正面から火球を打ち砕いたのである。

あろうことか気合の一発で、まぎれもなく高温の炎の塊だったはずのそれは、細かな火花と化して四散してしまった。

「あちち……。なるほど、魔法の攻撃を受けるってこんな感じなのね。ありがと。勉強になったわ」

わずかに火傷を負った自らの拳を軽く振って一瞥すると、愕然とする男に向け、クレハはにこりと微笑んでみせた。

「ヒッ……ば、ばけ……もの……」

魔力の急激な消費と、目の前の現実がよほど堪えたのか、炎術を破られた男はどさりと尻餅をつき、そのまま仰向けに倒れ込んだ。肝を潰しすぎて気絶したらしい。ぶくぶくと泡を吹いている。

「押忍、一丁あがり」

果たして、電光石火のごとき速さでごろつきたちを全員沈めたクレハは、息一つ乱さずに呟き、わずかに緊張を残したまますると構えを解く。なんてことないはずのその動きまで、まるで演舞のようだ。

（すげえ……）

なんと美しい。

呆然と突っ立ったまま、イザークはその光景から一瞬たりとも目を離せず、しばらく声すら出せなかった。

ぞわり、と背筋を震えが駆け抜け、強い酒でも呷ったように酩酊感が脳の芯をくらくらと痺れさせる。

どれほどの研鑽を積めば、これほどまでに卓越し磨き上げられた武技を身につけることができるのか。初めて目にするとてつもない技倆に、ただただ、魂を奪われたように圧倒されてしまう。

一方のクレハは、ごろつきたちが全員気を失っているのを確認すると、背後で震(ふる)えていた娘に声をかけている。

「ねえ、あなた大丈夫だった？」

「あ、ありがとうございます……！　本当に助かりました。あの、……高貴なお嬢様。あたし、なんとお礼を言えば」

「気にしないでいいよ。ほら行って。帰り道、また変なのに絡まれないようにね」

豪気(ごうき)なその言葉に頬(ほお)を染めた娘が、何度も振り返っては会釈(えしゃく)しながら駆け去っていくのを見送ったクレハが、ふうっと一息ついている。

「はー、私もそろそろ帰んなきゃ……」

わずかに乱れた金糸の髪(かみ)をさらりとかき上げ、いかにも「いい汗(あせ)かいた」とでも言わんばかりの彼女に向けて、イザークはゆっくりと歩み寄った。

「！」

足音と気配に機敏(きびん)に気づき、クレハが振り返る。

そのスミレ色の瞳や、気品に満ちた繊細(せんさい)な顔立ちは、普段どおりのはずなのに。

――あふれる生命力と覇気(はき)が、まるで違う。

彼女までの距離は、残り数歩。

そこで足を止め。呆然として、イザークは問うた。

「お前は、……誰だ？」

（爽快爽快！）

口ほどにもない低俗なごろつき集団を一掃すると、気分はスッキリした。

生前、働き詰めでなまっていたことに加えて、『クレハ』の身体に入ってからは療養生活が続いていた。やはり適度な運動は免疫力を高める。

（ん？　免疫力あんま関係ないか。まあいいや。さあ帰ろ帰ろ。暗くなると道順わからなくなりそうだし）

汗ひと筋かくことなく、呉葉は大きく伸びをする。テオバルトは夕方に戻ると言っていたから、それまでには部屋で寝ているふりをしなければ……。

——と。

そこでクレハは、こちらに向けて誰かが近づいてくる気配に気づいた。足元にはごろつきたちの死屍累々——いちおう死んではいない——が転がっている。

（まずい。派手に騒ぎすぎて、さすがに街の人に気づかれたのかな。……警察？　っぽいものを呼んでもらうなら好都合にしても、なんて説明しよう……たまたま迷い込んだ先で偶然みんな倒れていました、とか無理がある？）

言い訳をしきりと考えながら振り向いた呉葉の目に飛び込んできたのは、――黒い衣装に身を包んだ、目を瞠るほどに整った容姿の青年だった。

(うわイケメン!)

わずかに毛先の跳ねた黒髪といい、ミントグリーンの虹彩が鮮やかな鋭い目といい。テオバルトよりもかなりワイルド寄りで、なんだか放つ雰囲気には山猫のようなしなやかさがある。歳もたぶん若い。

(この世界に来てから、美形とのエンカウント率が尋常じゃないよね。いやー、みんな何食べてたらこんな顔になるのかしら)

状況はさておき呉葉は感心する。

こちらに歩み寄ってくる見知らぬ青年は、どこか唖然としているようで。

「お前、誰だ……?」

途方に暮れてもいるらしく、声が上擦っている。

(そっか、私の見た目って今『クレハちゃん』だもんなあ……)

この様子だと彼は、先ほどの一部始終を見ていたのだろうか。

年端もいかないお嬢様然とした娘が、いかついごろつき連中を難なく倒してしまったのだから、驚かせても無理はないか……と納得しかけた呉葉に、彼は警戒する眼差しを向けてくる。

「……いや、じゃなくて。えー……むしろ、俺が誰かはわかるか？」

「はい？　いや名前聞いてないのにそれは無理でしょ。まず名乗ろうよ」

思わず素で突っ込んでしまった呉葉に、彼は心底ぎょっとしたように目を剝き。

深々とため息をついて、額を押さえた。

「じゃあ名乗るけど。俺の名前はイザーク・ナジェド。聞き覚えは？」

「……いざーく……なじぇど……？」

その響き、どこかで聞いたことがあるような——

『イザーク・ナジェドと言ってな、僕たちにとって最も気心の知れた相手だ』

「あ」

思い出した瞬間。

ざあっと顔から血の気が引いた。

（ク、クレハちゃんの知り合いの方だ——!!）

そしてテオバルトともども親しくしている長年の友だと。

（え、どうしよう、どう誤魔化そう!?　そうだ私、今は記憶喪失って設定だったんだ！

これを使ってなんとか……）

「毒の影響で記憶喪失って話は聞いてる。けど、悪いが誤魔化されないからな。俺の知ってるクレハ嬢は、あんたみたいな話し方はしないし、そんな全身から覇気を放って大の男を五人も片手間に伸したりもしないぜ」

「うっ」

悪知恵がよぎったところで機先を制され、呉葉はたじろぐ。

「テオに『妹が行方不明になった』って聞かされて、ずっと捜してたんだよ。クレハ嬢は相当病弱だから、少しでも発見が遅れたら命に関わりかねないからな。で、方々あたってようやく見つけたと思ったら、ごろつき集団相手に立派に殺陣を決めてるじゃないか。立つのも困難だった彼女が、だ。どう考えてもおかしいだろ。……もう一度訊くけどな。お前、誰だ？　あの子じゃないよな」

一気に畳みかけられて詰め寄られ、呉葉はますます進退窮まった。

（ううっ……まずい、これはまずい！）

そもそも呉葉は、人を騙したり嘘をついたりするのが絶望的に苦手なのだ。

ああ本当にまずい、このままじゃいけない。

どうしよう、どうしよう、とひたすらぐるぐる混乱した結果。

「ごめんなさい、これには深い深いワケが……！」

——何も思いつかなかった。

あからさまにドン引きしながらジト目を向けてくるイザーク青年に、呉葉は潔く頭を垂れ、思いっきり全面降伏した。

「え……じゃああんた、別世界から転生してきたってことか⁉　クレハ嬢の身体に⁉」

「転生……？　ええっと、なんだろ。そういうこと……になるのかな？」

本名に、生まれ故郷の説明に、川で溺れた子どもを助けようとして自分が死にかけ、このエーメ王国なる地にきた経緯まで。

一から十まで全部白状し、呉葉は肺の底まで浚うようにはあっと深いため息をついた。

（つ、疲れた）

話すこと自体に疲れたというより、まぎれもなく事実のはずなのに内容が荒唐無稽すぎて「我ながら何言ってんだこいつ」と突っ込んでしまいそうになって、気疲れした。

しかし、顛末の一連を聞かされたイザークの方は、当の呉葉以上にその話に納得してくれたらしい。さすが魔法の世界の住民である。

なお、テオバルトは妹が邸から脱走したことをすでに知っているらしく、取り乱しに取り乱したあげく、今もしゃかりきに捜し回っているらしい。「やだ、それじゃ早く戻らなきゃじゃないですか」とまたしても青ざめた呉葉だが、「そこは俺が上手く誤魔化しとくから、説明が先だ」と険しい顔をしたイザークに引き止められてしまった。

かくして、裏路地から表通りに戻ったのち、瀟洒な高級カフェレストランらしき店に落ち着いて。あまつさえ個室を貸し切って、温かいお茶などご馳走になりつつ、ゲロゲロと何もかも吐かされた次第だ。

だが、疲れてはいるものの、今の心情はスッキリしている。なお、なんらかのハーブティーと思しき爽やかな香りのお茶は癖がなくてとてもおいしかったし、付け合わせに出てきたミックスベリーのタルトともよく合った。

無一文で邸を抜け出してずっと飲まず食わずだった呉葉が、ケーキを一つ爆速で平らげてからも空になった皿に名残惜しげな熱視線を注いでいるのを見かねて、イザークは何も言わずに、追加でミートパイやサンドイッチなどの軽食を山盛り頼んでくれた。それにしても、さっきからやたらと腹が減る。

極め付きに「ごめん、私お金持ってないからどうしよう……」と気怖じする呉葉に、呆れたように「払わせるわけないから安心してくれ」などと言う。

（すごい。イケメンくん、中身もめちゃくちゃイケメンだ！）

そして年下と思えないほどしっかりしている。呉葉はつい感心した。

おまけに、詳しく聞けば彼は、ハイダラ帝国なる名の、エーメ王国周辺国の第二皇子様なのだという。「リアル皇子様なんて初めて見た」と呉葉は仰天した。

しかも今はエーメ王国に遊学中の身って、なんですかその特盛り設定。どこの少女小説ですか。よもやそのリアル皇子様と、個室で二人きりでお茶する機会が巡ってこようとは。

「上下左右もない不可思議な青い空間で、クレハ嬢自身に会って、身体と残りの人生を託された……？」

さて。

呉葉の話を聞き終えたイザークは、凛々しい眉をグッと寄せて口元に手を当て、何やら考え込んでいる。

ポーズ的に察するに、なんぞのサスペンスに出てくるどこぞの名探偵みたいな推理を、めくるめく展開しているのだろうか。「おお、いかにも頭が良さそうな人の仕草って感じ」などと、頭の悪そうな感想を抱く呉葉である。

（けど）

見たこともないような深いミント色の眼差しを、じっとこちらに据えているイザークを見つめ返し、呉葉はふと思う。

（単に頭が良さそうというより――むしろ、すごく慎重そうというか。ドライな性格っぽいなあ。こちらが得体の知れない異世界人ということもあるのだろうけど）

真正の脳筋ばかで脊髄反射人間の呉葉だが、その分野生のカンは鋭いというか、これでも人を見る目は割とある方だと自負している。

そして呉葉の目に映るイザークは、さっそくあたう限り正確に、呉葉のひととなりや気質を見極めんとしているようなのだ。現に彼は、『旧知の女の子の人格が消え、謎の別人女がその体に入り込んでいる』という、「えっと、もう少し動揺してもいいんじゃない？」な場面にあって、至って冷静そのものである。

さっきから、親切なイケメン皇子様とおしゃべりティータイムをしているというより、誘導尋問を受けているというか、警戒心の強い優美な獣を相手に睨み合いをしているがごとき、不可思議な感覚だった。

（まあ、訊かれたらなんでも答えるし、好きに探って値踏みしてくれたらいいかな。隠すべきことなんて、全部話しちゃったし。私は私で行くだけよ）

あれこれ先んじて気を揉んでも仕方ない。

相手の考えや出方はこの際もう気にしないことに決め、呉葉は明るく切り出した。

「えーと。イザークくん、って呼んだらいいのかな？」

「……落ち着かないから呼び捨てで頼む」

「じゃあイザーク。いやー助かったわ。実は、いきなりやってきて右も左もわからないし、テオバルトお兄さんとか他の人たちをみんな騙してるみたいだしで、もーめちゃくちゃ心苦しかったの。話を聞いてくれてありがとうね！」

朗らかにお礼を言う呉葉に、イザークは黙り込んだあと、一度唇を引き結んでから俯く。そうして、こんなことを尋ねてきた。

「念のため確認するが……テオは、あんたのことを知らないんだな？」

「うん、……まだ。というか、テオバルトお兄さん見てたら、とても言えないよ……」

「まあ、それで正解だろうな。あいつは何よりも妹が優先だから、あんたと中身が入れ替わったなんて知ったら卒倒じゃすまないだろうし」

　複雑そうな表情に、呉葉の口の中は思わず苦くなる。

「……ごめんなさい、クレハちゃんじゃなくて。でも、とりあえず本物の彼女が戻ってきてくれるまで、代理で身体を預かっとこうと思って」

　ポツポツと考えを話す呉葉に、顔を上げたイザークは訝しげな表情をする。

「本物のクレハ嬢が戻ってくるまで？」

「うん、暫定的にね。だからそれまでは見逃してほしいなぁ、なんて」

「……本物が戻ったら、あんたはどうするつもりなんだ？」

「そりゃまあ、私も元の世界に戻らなきゃ。帰れるかはわからないし、帰ったところで、死んじゃってるかもしれないんだけどね」

　迷いなく断言すると、彼はぎょっとしたように目を瞠った。

「死んじゃってるかも、って。えらく簡単に言うが、いいのか？　それであんたになんの見返りがある？」

「えっ、見返り⁉　要らないよそんなの！　そもそもクレハちゃんの身体でしょ。借りたものは返すの当たり前だし、借りてる間は大事にするのが道理ってもん。で、返す過程で私が死ぬのが前提なら、それは嫌だとかごねてもしょうがなくない？」
あっけらかんと返す呉葉に、イザークはなぜか解せない様子で、食い下がってきた。
「だが、……あんたにあまりに不利だ。損ばかりで、なんの得もないじゃないか」
「損得なんてどうでもいいよ。自分が気持ちよく過ごしたかったら人に誠実であれ、って
うちの父親の口癖だったの。私も同意見。もちろん生き返れるならそれに越したことない
けどね」
呉葉としてはごく普通のことを言ったつもりなのだが。
「損得はどうでもよくて、見返りは要らない……？」
なぜかイザークがものすごく不思議なことを聞いたような、まるで寝耳に水どころか
氷柱を突っ込まれたようなポカン顔をしているので、呉葉の方が動揺した。こちらとあち
らとで、何かとんでもない文化の違いでも発見したのだろうか。
「コホン。……えーっと、とにかくそういうことだから。目下、返却の時まで我慢して
もらえたらというか、ついでにテオバルトお兄さんにも黙っててもらえたら、なんて……」
咳払いひとつ。話をまとめがてら呉葉が「たはは」と頭を掻くと、イザークはなんとも
いえない表情をし、首を振ってこめかみを押さえた。とりあえず納得してもらったという
ことにしておこう。
ほっとする呉葉に、イザークは「で」と話を振った。

「いまだに信じがたくはあるが……あんたが来たのが別世界から、ってのが真実だとして。だったら、こっちの習慣やら世界情勢やらなんか、全然知らないんじゃないのか？」

「そう！　そうなんだよ！　それで今まさに困ってて！　どういう理屈か知らないけど、書き言葉と話し言葉は身についてるみたいで、どうにかなるんだけど……」

（ああ、……でも）

勢い込んで話しながら、呉葉は思案してみる。

（そりゃあ、貴族ならではの習慣とか世界情勢も気になるけど。本当のところ、いちばん気になっているのは……クレハちゃんのこと）

「今世ですべきことの引き継ぎが足りなすぎて……」

思わず、剝き身の本音が口をついて出てしまい。慌てて、呉葉は手で唇を押さえた。

「引き継ぎ？」

首を傾げるイザークに、「ええっと……」と呉葉は頭を悩ませる。さて出会ったばかりの彼に、どう言ったものか。

（そもそもクレハちゃんは私の半分しか生きていない。こんな綺麗で可愛くて、お兄さんにも愛されてた女の子の体なんて、私が乗っ取ってていいわけないのよね）

どうしたら、自分は元通り、彼女にこの身体を返せるのだろう。

彼女に、何をしてあげたらいいのだろう。

どうするのが、彼女のためになるのだろう。——正しいのだろう。

本物のクレハ・メイベルに身体を返すまでの間、この世界でそもそも一体何をしたらいいかがわからない。

「本物のクレハちゃんは、私にどうしてほしかったんだろう……って不思議なのよ。クレハちゃんってすごく病弱だったっていうし、だからといって身体を託された私が同じように寝込むだけっていうのもなんか違う気がするし。かといってこの世界のイロハが全然わからないから、そもそも何をやったらいいのか謎すぎて！」

そうだ。そうなのだ。いちばん引っかかっているのは、まさにそこだった。

違和感（いわかん）の言語化に成功して、呉葉は心持ちスッキリする。

兄のテオバルトは「とにかく寝ていなさい」とばかり言うけれど、寝ているばかりでいいはずがない。

「とりあえずは記憶喪失だから、なんて言って一時的に誤魔化してるけど、それは自分自身にまで言い訳に使っちゃダメだと思うし。けど何かしようにも情報は圧倒的（あっとうてき）に足りないし！　そういうモヤモヤもあって、つい、外に出ちゃったというか……」

「なるほど。つい、な。あんたの『つい』で、公爵邸は今、上を下への大騒動（おおそうどう）だぞ」

「本当にごめんなさい！　お兄さんの心配はもっともだし、我ながら軽率すぎた。何もしないでじっと寝てるの、心底性に合わなくって」

転生前は風邪をひいても「いっちょ走り込みして汗と一緒にウイルス流して治します！」という人外魔境の脳筋族だった呉葉にとっては、静養自体もはや拷問に近いのだ。

最後は釈明まじりになってしまった。「言い訳ですね、ご迷惑をおかけしました」と塩をかけたキャベツのごとく萎れる呉葉に、イザークは黙って眼差しを注いでいたが。

「となると」

ややあって、イザークは冷静に追い討ちの指摘をした。

「今日で騒ぎになったから、自分で情報を集めるのはますます難しくなると思うぞ。テオの監視の目だって、これからさらに厳しくなりかねないし」

「ですよね！」

（いきなり詰んだ）

どうしようかなあ、と頭を抱える呉葉に、追加でイザークは提案をくれる。

「そこで、だ。俺があんたの家庭教師になるってのはどう」

「えっ」

「文字は読めるって言ってたよな。これから、見舞いって体裁でちょくちょくメイベル公爵邸に行くことにして、その都度、こっちの基礎的な知識を身につけられるような書籍を渡すよ。軟禁状態でも、『何もできない』からは少なくとも脱出できるだろ」

「ほんとに……いいの⁉」

「いや、いいのか、っていうかさ。じゃないと困るんだろ？　俺も、妹の毒殺騒ぎで参っているテオに、これ以上の心労かけたくはないのはあんたと同じだ。要は、あんたがこの世界の常識を身につけるのは、俺にとっても利はあるってだけ」

「めちゃくちゃ助かる！　イザークって超いい人ね……！」

とりあえず今後の見通しも立って、安心するとまたぞろお腹が空いてきた。今ならホールケーキどころか鶏の丸焼きを丸呑みできる気さえする。プリンならバケツで欲しい。

タイミングよく運ばれてきたパイやサンドイッチを「美味しい！」とぱくつく呉葉をじっと観察しながら、イザークはお茶しか傾けていなかったが、ひと通り呉葉が食べ終わったのを見計らって、「ところで」と話を変えた。

「あんたの武術、すごかったな。ごろつきを秒殺したのを見たが、あんな動きは初めてだ。目で追えないほど滑らかで、水が流れるというか、木の葉が落ちるようというか」

「わ、ほんと？　いやぁ、そこまでおっしゃっていただくほどのものでも……あるんだわこれが！　我ながら結構頑張って鍛えてきたし。嬉しいな」

褒められて思わずニコニコ笑顔になる呉葉に、「そういえば……」と彼は碧の視線を巡らせる。

「あんたも名前がクレハ、っていうんだよな。『クレハ・ナルカネ』？　だっけ。……じゃ、今後は一応、俺もクレハ嬢って呼んだらいいかい？」

「あはは、嬢はやめてよ！　あなたみたいないかにもな皇子様にそんな呼ばれかたされたら落ち着かないわ。私も呼び捨てなんだから、そっちも呼び捨てで構わないよ」

「わかった、じゃあクレハ。改めてよろしく。……って、それを言うならそっちこそ『いかにもなお嬢様』だろ。今の中身がそうでもないのは知ってるけど」

　納得しかねるように眉根を寄せるイザークに、一瞬面食らったあと。「違うよー！」と呉葉はカラカラ笑って手を振った。

「クレハちゃんと私はまるっきり別物だから！　そもそも顔や身長どころか年齢だって全然違うんだよ？　同じに扱われたら本物のクレハちゃんに申し訳なくなっちゃう」

「え……っと。そうなのか。……女性に対してこういう質問が失礼なのは重々承知している上で。もし問題なければ、実年齢をだな……尋ねても……？」

「二十九だけど」

「に……」

聞いた答えを、イザークは復唱できずに黙った。

　思ったよりも上だったらしい。

（まあ、それもそうか。この子が二十歳だっていうんなら、私が大学生の時に小学生だも

んなぁ、年齢）

愕然とする相手にうんうん頷いていた呉葉は、さんざんうろたえたあげくに「あー……その……先ほどまで敬意を払わずに申し訳ない……です……」と反応に困り続けているイザークに、「いやいや、口調も態度もそのままでお願い！」と頭を下げた。

こうして。

紆余曲折を経て。異世界転生生活で初めて、呉葉は自分の正体を知る協力者を手に入れたのだった。

#5

「く……クレハーっ!!」

　イザークに連れられて呉葉がメイベル公爵邸に戻った時には、テオバルトの取り乱しようは相当なことになっていた。

　ちょっと詳細を語るのが憚られるレベルで、麗しのご尊顔から色々と滂沱に垂れ流しつつ咽び泣かれ、首が絞まる勢いで熱くきつい抱擁をされ。「一体どこに行っていたのだ妹よ！」と凄まじい形相で根掘り葉掘り質されたが、勢いに呑まれた呉葉は何も答えられなかった。心配をかけて申し訳ございません、という謝罪を挟む隙もない。

「あのさ、……テオ？　クレハ嬢は久しぶりの外出でだいぶ疲れているようだから、できたら先に休ませてやってほしいなー、なんて……」

　さすがに見かねたイザークが恐る恐る助け舟を出してくれたところ、「ありがとう我が真の友よ!!　妹を見つけてくれて！　この恩は一生忘れぬぞ」と今度は彼が吸いつかれる羽目になった。

執拗にまとわりつく汁まみれの親友をもぎ離そうと足掻きながらあげられた、「涙までは！　譲るから！　鼻水だけは！　やめてくれ!!」という痛切な悲鳴は、その善良ぶりをよく表している……と、巻き添えが怖くて傍観者に徹した呉葉などは思う。すみません。

やっとテオバルトが落ち着いた頃を見計らって、さっそくまた侍医のジイーンが呼ばれて診察が始まり、「これだけ外を動き回られたのに、肺に異音もなく呼吸も正常ですぞ。まさに奇跡です！」という結果が出た。これを聞いて、「な、なんだってー！」とテオバルトは例によって躍り上がって喜んだ。この人、喜怒哀楽だけで消費カロリーがすごそうだな、と当の呉葉は密かに感心した。

そして。

それからしばらくは、イザークの予想どおり、――メイベル公爵邸内に軟禁される日々が続いた。

あんなに大騒ぎになったのだから、まあ致し方なし、だ。

が、「健康ならばちょうどいい」とテオバルトが賛同してくれたことにより、イザークと約束していた見舞いを断らなくてすんだのは僥倖だろう。

これも予想どおりではあるが、テオバルトが妹の疲労を心配したため、あまり長い面会時間は取ることができない。然りながらイザークは、予告に違わず、異世界情勢や貴族向けのマナー指南書などを定期的に運んできてくれたから、基本的にベッドに釘付けの呉葉にはいい気晴らしになった。

（前任者の引き継ぎがほとんどない中でやってかなきゃいけないわけだし、今は異世界生活の研修期間みたいなもんだと考えよう。って、これ社畜の思考回路だわ）

それより何より、クレハの中身が呉葉だとイザークは承知してくれているので、彼の前では病弱な公爵令嬢のふりを取り繕わなくて良い。

病み上がりの公爵令嬢を気遣うという体裁なので、そんなにしょっちゅう顔を合わせられはしなかったものの、これは思ったよりもありがたいことだった。いかにマッスルブレーン呉葉といえども、わからないこと尽くしで、なんだかんだと気を張っていたのだ。メンタルの保全って大事だな、と改めて実感する。

十五歳の薄幸美少女令嬢の身体に入ってしまったことには、いまだに慣れないけれど。

それでも、呉葉の異世界生活は、なんだかんだと快適に進んでいる方だとは思う。

ただし、――本人にとっては非常に深刻な、とある一点を除いては。


（お、お腹減った……）

ほぼ夜毎。

自室のベッドにめり込んでは、呉葉はやまぬ腹の音に悩まされることになった。

（なんで!?　どういうこと!?　毎日毎日寝ながら本読んでるだけなのに、意味わかんないくらいお腹減るんだけど……！）

目覚めた当初は、自室というかベッドから出してもらえなかったので、ほとんど身体を動かすこともなく、「みじろぎもろくにできない割に、なんかちょっとお腹減りやすいかも？　気のせいかな」などと軽く考えていたが。このところ気のせいではすまされない勢いで、それはそれは酷い空腹に見舞われる。

イザークと出会ったあの日、外出時にたくさん運動したのがきっかけになったのではないか——と、呉葉自身ではなんとなく見当をつけてはいるが。

とにかく腹が減る。

尋常ではないレベルに減る。壮絶に減る。もはや病気、いやむしろ体内災害と言っても差し支えないほど減る。

かつて弟が幼い時には、たいして現地の事情も知らないくせに「世界にはひもじい思いをしている子どもたちがいっぱいいるんだよ」などといい加減なことを言い聞かせては好き嫌いなく食べるよう諭したものだが、今たとえるなら確実に「転生後の姉ちゃんはひもじいんだよ!!」だ。どのみち成長後は弟もなんでも食べるようになったので無用の話であるが。もはや鶏どころか、豚でも牛でも加熱さえしてあれば、頭からバリバリ恵方巻きのごとく丸齧りできる気がする。塩と胡椒は欲しいけれど。

（はあ……思いっきり、たくさん食べられたらいいのに！）

呉葉はため息をつく。

夜長に空きっ腹を抱えるようになってから、かれこれ数日が経過しようとしている。

（でもなあ……）

こうなってしまった経緯を、呉葉は現実逃避代わりに思い返してみることにした。

公爵令嬢に転生してからというもの。

いつになく体調がいいということで、部屋のベッドで一人黙々とではなく、邸内の食堂でテオバルトと一緒に食事をとることも多くなってきた。

ある時、朝食のパンをパクパク食べているクレハを、テオバルトが目を細めながらこう評した。

『本当に、美味そうに食べるものだ、クレハは』

その日、朝餐に出たのは焼きたての白パンで、中に刻みハーブが練り込んであるのが大変美味だった。焼き目の上からとろりと溶けかけのバターが生地に染みているところなど、「シェフを呼べ、なんておこがましいです。こちらから五体投地で厨房まで挨拶に伺います」と平伏したくなるほどだった。

『はい！　とても素晴らしいお味ですわ』

事実ものすごく美味しいので、呉葉は深く頷いた。テオバルトは「そうかそうか」とますます笑み崩れる。

『クレハは元気になってからたくさん食べられるようになってきたな。どんどんおかわりもするがいい！　まだ食べられそうか？』

『皿まで食べられそうですことよ』

あとから考えたら、語尾だけお嬢様風に変えてもアウトな台詞というのはある。そしてこれは確実にまずい類なのだが、何せ空腹で頭がパッパラパーだった呉葉は、真顔で答えてしまった。

『ようし！　すまないがそこのきみ、妹の前にパンを籠ごと置いてやっておくれ。パンだけでなく、できれば厨房からスープも頼んだぞ！』

しかしこの反応に気をよくしたテオバルトは、近くにいたメイドたちに申しつけ、呉葉も「ではお言葉に甘えて、少しだけ……」と口上では遠慮していたのだが、結局は心ゆくまで食べた。

それからというもの、兄と一緒にいる時は、食欲の赴くままに量を増やしてもらっていたのだが――

数日ほど経った晩のこと。

主人が眠っていると思っているらしいメイドたちが、衝立の向こうで声を潜めてこんな話をしているのを漏れ聞いてしまった。

『ねえ……クレハお嬢様、お館様とご一緒の時だけ、やけにお食事を召し上がりすぎじゃない？』

『そうよね？……実は私も気になっていたのよ。パンは一本まるまる、シチューなら五杯、お肉なら塊で三つはぺろりでしょう。以前ならスープをカップ一杯と、オーツ麦のミルク粥をお皿に半分ほどで、すぐにお腹いっぱいになってしまわれたのに。逆にちょっと心配だわ。ひょっとして、毒の後遺症かしら……』

『まさか、何か悪い呪いをかけられたのかも。いいえ、お館様に心配をかけないよう体調が優れないのを隠すために、ご無理なさっているのかもしれないわよ。だとしたら大変だわ。これってお館様にご報告申し上げるべき……？』

『ジイーン様にも相談したほうが……』

心底不安そうな彼女らの様子に、呉葉はざっと青ざめた。

（やっばい）

――調子こいて食べすぎたらしい。

自覚はある。

今日の夕飯で出た巨大な鮭をまるまる一尾、背骨まで噛み砕いて食べたのが、きっと彼女らの疑惑を深めるトドメになった。

（そもそも本物のクレハちゃんて公爵令嬢なわけだし、それこそ『カナリヤのお食事』レベルの量よね……？　妹が元気になったって喜んでいるから気づかなかったのかもしれないけど、そのうちテオバルトお兄さんに不審がられても仕方ないかも……！）

呉葉は焦った。

そして、悩んだ結果、翌日からちょっと自重することにした。

シチューやスープは一杯まで。

パンは一切れ。

お魚お肉お野菜は、出された分は食べ切るけれど、おかわりはなし。

しかし、その時我慢したツケは、あとから胃袋を直撃してくる。もちろん厨房に忍んで行って盗み食いを働くわけにも、こっそり出かけて買い食いをするわけにもいかず。

（武士は食わねど高楊枝！　濁流には負けたけど、たかが空腹なんか相手に、鍛え上げられた私の鋼の肉体が負けるわけが……）

そこでふと思い出したのは、その昔、道場の教え子に聞いた与太話である。

ストイックに筋肉を磨き上げた結果、身体を絞るために糖質や脂質を制限しすぎて亡くなっていったボディビルダーたちの物語だ。彼らはみな、ムッキムキで息絶えていたらしい。どこまで実話か知らないが。

（やっぱ精神論じゃどうにもならんわ！）

なんという裏切りの筋肉。なぜ今のタイミングで思い出してしまったのだろう。怖すぎる。

それ以前に、今は慣れ親しんだ鳴鐘呉葉ではなく、クレハ・メイベルの身体だ。勝手がわからない。

（うわあぁ……ひと様の身体借りっぱなしで死にたくない……！　お願いだから早く朝ごはんの時間になってぇ……！）

こうして呉葉は、毎夜、空きっ腹を抱えて泣く泣く就寝することになるのだった。

そんなこんなで、まんじりともせず一夜を過ごしたあくる日のこと。

結局、呉葉が気絶するように眠りについたのは、空が白み始める頃だった。おかげで寝坊してしまい、あんなに待ち望んでいた朝食の時間に出遅れた。本末転倒だ。

しかも運もタイミングも悪く、その日は朝からイザークが来訪する予定になっていた。

間抜けにも呉葉は「あの、お嬢様、……イザーク様がお越しですよ。お会いにならなくてよろしいのですか」と遠慮がちにメイドに起こされて、ようやく目を覚ましたのだ。

「え、いえ！　起きます起きます！　ありがとうございます！」

慌てててベッドを下り、出勤予定時刻の五分前に起きた時並みのハイスピードで身支度を整えてもらう。

かくして、青や緑で草花の刺繍が施された生成りのドレスの上からラベンダー色のガウンを引っかけた呉葉は、空腹も忘れて同じ一階の客間へと急いだ。

奥壁が一面ガラス張りの客間からは、中庭の美しい花々がよく見える。萌黄色の壁紙に合う木製の調度や、落ち着いた色味のタペストリで整えられた室内には、すでにイザークが到着しており。深緑のビロードの張られた長椅子に対面で腰掛けたテオバルトと共に、談笑の真っ最中だった。

「おや。おはよう、クレハ。イザークの来訪を楽しみにしていたのに、随分とお寝坊さんではないか。よい夢は見られたかな」

部屋に入ってきた妹に真っ先に気づいたのはテオバルトで、いたずらっぽく微笑みながらからかわれた呉葉は、きまり悪く視線を泳がせた。

「おはようクレハ嬢。いやごめん、俺の方こそ早く邪魔しすぎたみたいだ」

苦笑まじりにフォローを入れてくれつつ、イザークも軽く手を挙げた。こういうところが気遣いの人だよな、と呉葉は毎度感心しきりである。

「そうだ。イザークは、手土産に珍しい菓子を持ってきてくれたそうだぞ」

（お菓子⁉　やった！）

その言葉に内心で小躍りしつつ。とにかくまずは挨拶をしようと、呉葉は彼らの座る長椅子の傍らに歩み寄ると、ここ最近本で覚えたばかりの貴族令嬢のお作法で、二人に向かって優雅に腰を折った。

「改めておはようございます、テオバルトお兄さま、イザー……」

その瞬間。

菓子と聞いて活性化したのか――忘れていたはずの空腹が急に復活した。

――ごげええ……ごぉおおお。

静かな朝の室内に、その異音はことさら大きく響き渡った。

「……」

しばし時間が止まる。

三人して黙り、凍りついたままだ。

（や、ば、い……）

幻聴だ。

幻聴で押し切ろう。

背中から冷たい汗がブワッと噴き出すのを悟られないよう、気力全開で笑顔を保ちつつ、呉葉はひとまず折った腰を元の位置に戻そうとし――

ごがあぁ。ごおお。ぐごおおお。


筋肉の収斂のせいで胃袋が圧迫され、いや細かい理屈はとりあえず、結論から言うともう一度鳴った。おまけに今度こそ誤魔化しの利かないレベルの猛々しいボリュームである。どう考えてもレディの腹の音ではない。

「あ、あ、あの……」

真っ青になった呉葉が、無作法を詫びようと口を開いた瞬間。

「なんだ今の唸り声は……！　さては邸内に魔獣が入り込んだか……!?」

顔色を変えて長椅子から立ち上がったテオバルトが、「至急、庭園を見廻れ」と入り口に控える護衛騎士たちに命じた。優秀な彼らはサッと表情を引き締め、たちまち数名が統率の取れた動きで駆け出していく。

「今の鳴き声だと、獰猛な大型の肉食獣かもしれない」

「外にいる使用人たちを館内に避難させろ。まさかまた刺客が――」

迅速に警戒態勢が敷かれ、鋭い緊張感が走ったその場において、呉葉だけがまったく違う理由で蒼白になっていた。

（ごめん違うんです……！　でも！　言えない‼）

まさか肉食獣の唸り声並みの爆音で腹を鳴らしたとは口が裂けても言えない。それ以前にこんな騒ぎになって、今更「すみません私の腹です」と白状できない空気になってしまった。

しかし腹は依然として減っている。

絶望だ。

（あと一回鳴ったら、社会的に死ぬ……！）

そして何か食わねば物理的に死ぬ。

前門の空腹、後門の赤っ恥。涙目で胃袋を押さえて必死の抵抗を試みる呉葉の様子に、事情を知るイザークだけが何かを察したらしい。

「……テオ。ひとまずクレハ嬢の安全を確保しよう。彼女には寝室に避難してもらって、そのまま俺がついておくから、お前は心置きなく兵たちの指揮をとってくれ」

「そのとおりだな！　恩に着る、イザーク！」

「任せとけ。クレハ嬢、こっちに」

危険から庇うようにエスコートしつつ、さりげなく手土産の大箱を小脇に抱えた彼は、呉葉を部屋に送り届けがてら一緒にドアをくぐると、後ろ手に鍵を閉める。

そして。

「いや腹の音デカすぎだろ」

「知ってる！　言わないで！　でも超ありがと‼」

思わずといった風情で突っ込まれ、呉葉は涙目で叫び返した。

「その腹の音に見合う量まで足りるか知らないけど、とりあえずこれ……」

イザークがテーブルに置いてくれた箱のリボンと包み紙を解いてみると、中身は美しい三段重ねの化粧箱である。

一段目の蓋を開くと、中にぎっしり詰まっていたのは色の競演。緑や茶、赤、ピンクや薄紫のものもあるそれは、可愛らしい一口サイズのマカロンだ。

二段目には、宝石粒のような繊細なチョコレートと、虹色に輝く飴細工。三段目には、バターたっぷりのフィナンシェやふわふわのマドレーヌ、格子状に焦げ目のついたガレットなど、きつね色の焼き菓子が所狭しと。

バニラやアーモンドの甘い香りが、ふわんと鼻先をくすぐってきた。

「クレハ、よだれよだれ」

「う、失礼」

手の甲でガシガシと口元を拭うと、呉葉は手を合わせ、「いただきます……！」と勢いよく頭を下げた。せめて洒落たケーキスタンドに盛りつけたが、気分は便所に隠れて早弁している男子高校生である。さしずめイザークは手引きしてくれた悪友といった役か。

しかしこの早弁、購買の焼きそばパンとは比べ物にならない品揃えだ。

（うわあ、美味ッしい……！）

手始めに緑のマカロンを口に押し込んだ途端、舌の上にピスタチオらしき香ばしい風味が広がる。クリームにもナッツが練り込んである。紫は甘酸っぱいからカシスだろうか。ピンクは薔薇で、赤はラズベリー。

ぱあっと顔を輝かせ、さらに次なる菓子をモッキュモッキュと押し込んではほっぺたをいっぱいにする呉葉に、「頬袋にどんぐり詰めたリスみたいだな」と呟いたあと、「えっと、喉詰まらせんなよ……？」とイザークはグラスに注いだ水を持ってきてくれる。

「ムゴッ、アヒアホウ、ヒハアフ、メハアフハル」

「どこの言語だよ。とりあえず口の中のもん飲み込んでからしゃべれ」

「ありがとうイザークめちゃ助かる！　ごめんね遠慮なくバクバク食べちゃって。絶対高かったでしょこれ！　たぶん、おひとつ五百円はカタいと見た」

「いくらだよゴヒャクエン。いいから落ち着け、そして食え」

「はい」

実年齢は呉葉のほうが九つも上なのだが、これではどっちが年上だかわかりゃしないな……と自嘲しつつ、ひたすらむしゃむしゃと腹を満たすことに専念して、わずか数分。

化粧箱の中身は、粉くずさえ残さず呉葉の腹に収まった。

「はー……美味しかったぁ！　ごちそうさまでした」

わずかに膨らんだ程度で、ほとんど見た目も変わらないお腹を撫でてから、満面の笑みで手を合わせる呉葉に、イザークは肩をすくめた。

「いやお見事。気持ちいいくらいのすっげえ食いっぷりだな。菓子が口に吸い込まれてるみたいだった」

「うん。マカロンって飲み物だったんだと思った！」

「その認識はあんた特有だ」

イザークには呆れられてしまった。

「ご、ごめん。なんかやたらとお腹空くの、最近。でも、お腹がいっぱいになるまで食べてたら、量が尋常じゃなさすぎて、逆にメイドさんたちに怪しまれちゃって……！」

しどろもどろになりつつ、近況を説明する。

「そうなったのはいつ頃の話だ？」

「イザークに初めて会った日からだと思う」

「なるほど。原因に心当たりは？」

「よく運動したからお腹が減ったのかな、って。テオバルトお兄さんが外出してる隙にこっそり庭で筋トレと形稽古したあとなんかは特にひどいの。別にそんなむちゃくちゃな動き方はしてないんだよ？　だってのに、毎度いくらなんでもな食欲すぎて……」

質問を交えつつ一連の話を聞いたイザークは、顎に手をやってしばらく考え込んだのち、「ひょっとしたら……」と顔を上げた。

「あんたと本来のクレハ嬢との、基礎体力の高低差のせいかもしれない」

「……えっと、どういうこと？」

「説明しづらいけどさ。今のクレハは、転生前の武技と膂力を保ってても、姿形は病弱なクレハ嬢そのままだろ？　いくら魂と魔力とが釣り合っていても、肉体があまりにも脆すぎる。その不自然な状態を正すために、無意識に魔力を使っているのかもしれない」

「え」

「何せクレハ嬢は膨大な魔力を持ってたらしい。あんたもそれを受け継いでいるなら理屈は通る。けど、魔力は使うだけ体力を吸い上げるから……要は、少し動くだけでもめちゃくちゃ養分を必要とするのかも……ってことだよ」

（つまり、一種の低血糖みたいな症状が起きてるってこと……？　待って、それだと）

虚弱体質の令嬢に生まれ変わったが故の落とし穴、まさに教え子の与太話に出てきた『自らの筋肉に裏切られたボディビルダー』そのものでは。今は外見がムッキムキでこそないが、かつて鍛えた己の技と体力のせいで、生命が干上がるなど言語道断だ。

「私、ちょっと動くだけで自分の筋肉に殺されるの⁉ うっそ⁉ 絶対に嫌なんだけど、どうにかならないの⁉」

「いや筋肉じゃなくて魂な。とにかく、動いて食って食って動いて動いて食って食って食い続けたら、そのうちうまい具合に落とし所が見つかって馴染んでくるかもしれない。あとは、魂に宿している魔力を、彼女もあんたもまったく使ってないもんだから、肉体も加減がわからなくて余計に不均衡が増しているってのも一因かと……。けど、魔法を使ったら使ったでさらに腹が減る可能性はあるから、なんとも」

（じゃあ打つ手なし⁉ 普段の食事は食べまくろうにも無理だし……！ かくなる上は庭師さんの目を盗んで雑草食べるとか⁉ 調理法は味なしの茹でか焼き⁉ けど庭で焚き火したらバレるよね、じゃあ生をサラダで⁉ ドレッシングどころか塩すらないのに！）

どうにも、あまりに呉葉が悲壮な表情をしていたらしく。

イザークには、思わずといった風情で噴き出されてしまった。

「……っ、いや、そんな顔すんなよ！」

「あんた、水ぶっかけられて途方に暮れた猫みたいな顔してるぞ」

「だってぇ……」

ますます情けない声を出す呉葉に、とうとうイザークは声をあげて笑い始める。「もー、笑わないでって！」と半泣きで訴えたが、余計にツボに入ってしまったらしい。

（あ、でも。こんな楽しそうなイザーク初めて見たかも？）

ミントグリーンの目の端に滲んだ涙を指先で拭き取りながら、「いや、悪い悪い」と謝りつつなおも肩を揺らすイザークに、呉葉はちょっとだけどきりとする。

（思いっきり笑うと、こんな感じなんだなあ……）

年相応の青年らしい明るいそれに、呉葉もつられて笑ってしまう。

ひとしきり笑い合ったのち、イザークはこんな提案をくれた。

「テオに見つからないようにたくさん食べたいなら、俺が訪問の頻度上げて、手土産で色々持ってくることにするよ」

「え⁉ それはさすがに申し訳ないよ⁉ お代もバカにならないし！」

「そんなもん微々たる額だし、あんたに飢え死にされる方が困る。となると、次の問題はこっそり食べるための場所だよな……。そうだ、部屋に閉じこもりっぱなしじゃ息も詰まるだろうし、庭くらいなら散歩に連れ出せるように俺がテオに交渉してみるってのはどう。俺の話だったらあいつも聞いてくれると思うからさ」

ついでに、使う魔力の量を自分の意志で調節できたら、この「ちょっと運動しただけで死ぬほど腹が減る」現象の解決につながるかもしれない――ということで、正しい魔法の使い方を彼に教えてもらえることにもなった。至れり尽くせりの極みである。

「いいの⁉　本当の本当に、助かる……‼」

「ああ。とりあえずマカロンは鉄板の品ってことで覚えとく」

（まさにマカロン王子！）

どこぞの若手パティシエにいそうな異名を勝手につけつつ、呉葉は感動に打ち震えた。

なんて素晴らしい。

「このご恩はきっと忘れないから！」

「んな大袈裟な……」

呆れ顔のイザークに、「いやいや食べ物の恨みは深いけど、恩はもっと深いのよ」と呉葉は首を振った。

ちょうどその時、廊下を慌ただしく駆けてくる足音が聞こえてきた。

呉葉の腹で飼われていた架空の大型肉食獣を退治しにいったテオバルトが、空手で戻ってきたようである。

かくして。

イザークは、まずは侍医のジイーンを味方に引き込み、さっそく「外気に体を慣らすべきじゃないか」とテオバルトに勧め、クレハを部屋の外に連れ出せるようにしてくれた。

おかげで、はらぺこ肉食獣侵入騒ぎの次の訪問からは、めでたく散歩ができるようになったのである。ただし、散歩といっても、遠くても公爵邸の庭園の最奥部までがせいぜいで、敷地外には一歩も出してもらえないのは相変わらずだが。

また、さらにイザークは、自分もテオバルトも頻繁に王宮に出仕せねばならない多忙な身であるのを逆手に取り、互いの予定をずらして、交替で呉葉のそばについておけるよう女王陛下に交渉してくれた。つまり、邸にテオバルトがいない時にイザークがいる。まさに内緒話にも盗み食いにもうってつけだ。

メイベル邸の敷地は広く、特に庭園は代々の公爵たちが手間をかけてきただけあって、緑に溢れ季節の花々が咲き乱れる美しい光景がそこかしこに見られる。遠い昔に修学旅行で行った某離宮公園に似ているかも……などと、貧相な記憶を駆使して呉葉はたとえてみる次第だ。

イザークによる『異世界研修』は、あまり人目についたらマズいとも思うので、その中でも、もっぱら薔薇の生垣で囲われた迷路の中央にある、噴水広場で行われた。そしてありがたいことに、彼お抱えの料理人が用意したバスケット入りの豪華弁当やら、先日のような菓子の詰め合わせやらがおまけでついてくる。イザークと一緒にそれらをこっそりつつくのは、在りし日の学校帰りにしていた校則違反の買い食い的な楽しさもあった。

白にピンクに黄色に赤にと鮮やかに咲き乱れる、美しい春薔薇を眺めつつ。噴水の縁石に腰掛けながら、ドレススカートの膝に彼にもらった食料の類を広げ、呉葉はイザークとお互いの話に花を咲かせる。


「クレハは、あんな見事な武術を、一体どこで身につけたんだ？　故郷の治安が悪くて、生きるために必要だったとか？」

「元々のあんた自身についてもっとちゃんと知りたい。……あー、わざわざ確認してなかったが。性別までは変わってないって理解で……いいんだよな？」

「クレハって出自はどんな？　家族は？　きょうだいはいる？　どういう生い立ちだった？」

例の「腹から轟音」事件が覿面に効いたものか、はたまた晴れてテオバルトの目を気にせず話ができるようになったためか。そこそこ打ち解けた途端に、イザークは知りたがりで人懐っこい面を見せるようになった。

それとも異世界育ちの呉葉の身の上がやはり気になるのか、とにかく、あれこれと前のめりに根掘り葉掘り訊きたがる。しかも割と歯にきぬ着せない尋ね方で。

当初は「えへへ。そんな、高貴な皇子様にわざわざ聞かせるほどのことでは」と照れて頭を掻いていた呉葉だが、ある時、ふと覗き込んだ彼の新緑色の眼が宿していた感情に、考えを改めた。

そこにあるのは純粋な興味や好奇心の色というより、真意を探るような気配。

さらに突き詰めれば、その奥には——本人が自覚しているかどうかはさておき——きっと消しきれない戸惑いや猜疑心があるはず。

——〝こいつは何者だ？　本当に信頼していいのか？〟

台詞や表情は明るく友好的で気さくでも、瞳は雄弁だった。

(ひょっとしなくても。イザークは、最初からすごく私に親切で、時間を割いてくれてもいるけど。それは本当は、単なる厚意とかじゃなくて)

得体の知れない〝クレハ・ナルカネ〟とやらが、きちんと無害だと判明するまで、そばで監視する目的もあるのかもしれない。

(ま、そりゃそうよね！)

とはいえ、かようにネガティブ寄りの視線を向けられたとしても、呉葉の方は、ケロッとしたものである。

(むしろ警戒させちゃって申し訳ないなあ。ぜんぜん納得するよ。だって私、多少打ち解けたとはいえ、それでもやっぱり正体不明の異世界人ですし。おまけに外見がクレハちゃ

んっていうよく知る子だけに、余計に違和感あるだろうしね）

時間はかかるかもしれないが、地道に信頼関係を築くしかない。それはそれで、やりがいのある課題だ。

（とりあえず。何をどう訊かれても、嘘偽りも誤魔化しも一切なしで、全部話そう。納得してもらえるまでなんでも答えよう。で、そのうちゆるっと信じてもらえたらいいや）

そうして、矢継ぎ早に繰り出された質問を、呉葉は順を追って処理していくことにしたのである。

さて。

本日のイザークからの差し入れは、具沢山のカスクートだ。といっても、よく日本のパン屋で見かける可愛らしい大きさではなく、棍棒くらいありそうないわゆる巨大『フランスパン』の真ん中をざっくり縦に切って、中に茹で卵やら鶏肉のグリルやら生野菜やらチーズやらをぎっしり詰め込んだスペシャルサンドなのだが、すでに三分の二は呉葉の腹に消えている。

具材それぞれのお味もさることながら、カリッと焼けたバゲットの表面に染みたオイルとビネガーのソースがものすごく美味だ。

「私、うな重なら、うなぎ本体と同じくらいタレのついたご飯が好き……タンパク質絶対主義者ではあるけど、やっぱつくづく美味しいものは脂肪と糖でできてるのよね。このカスクート、食べるどころか飲める。むしろ肺まで吸引する」

よくわからない褒め称え方をする呉葉に対し、

「ウナジュウとタンパクシツが何か知らないけど、味の感想は料理人に伝えとくよ。相変わらずえげつない食べっぷりもな」

感心するイザークは完全に状況を楽しんでいるようで。実際、持参の品は日に日に大きくなり、呉葉の方はもうフードファイターにでもなった気分だ。ファイトどころか毎度素で楽しく食べ切るのが大きな違いだけれども。

両手で大事に捧げ持ったカスクートの残りを、愛おしみつつもぐもぐと齧りながら、呉葉は「イザークからもらってた質問の件だけど」と話し始める。

「性別は元から女で間違いないよ！　それと武術はね、うちの家系によるの」

この答えに対し、イザークは首を傾げている。

「家系って？　代々、何か珍しい稼業でも？」

「ううん、仕事は普通に平凡な会社員。あ、ちなみに会社員ってのは、どっかの商売や製造業をする団体に属して働く人のことね、念のため。私の故郷の日本って国は、すっごく治安のいいところだったんだよ。よその国から、『日本では水と平和はタダ、いちばん危ない地域でも我が国よりはマシ』って言われてたくらい」

「水と平和が？　通常ならどちらも最も高くつくものじゃないか。そりゃすごいな」

目を瞠るイザークに、「そうなの。だから私含めて、みんな平和ボケしてたわ。ありがたいことよね」と、パンの最後のひとかけを名残惜しく口に収めてから呉葉は笑った。

「けど、そんな現代日本で、私の家はちょっと異端だったの。武術を教える道場やってたから。その名も、空手剣術柔術棒術ナイフ術他諸々、組み合わせてのなんでもありな最強総合格闘術こと『鳴鐘流武術』！　……で、私はそこの師範代だった」

　そもそも流派の始まりは曽祖父くらいまで遡るらしいが、代々の技を呉葉に受け継がせた鳴鐘家の父とて、根っからの武闘家だった。

　水をかけたら男女が入れ替わる懐かしの某漫画だったり、サブカルチャーのそこかしこでギャグ的に描かれる武闘家ファミリーの姿があるが、あれが現実のものだと思ってくれたらいい。あれを読んだ当時、「うちと似たような家族、他にもいるんだ！」と希望を持ったが、フィクションだと知ってがっかりしたものだ。

　武芸オタクな父のアイデアで、合気道だの少林寺拳法だのカポエイラだのテコンドーだのムエタイだの暗器だのを、ワールドワイドに節操なく取り込んで、鳴鐘流は「どこの要人を暗殺しますか？」な闇鍋チャンポン殺法と化し。

　さらに張り切った父は、その闇鍋を、長女の呉葉にさんざん教え込んだ。

　かくして。

　幼い頃から父親の壮絶なしごきを受け、徹底した基礎訓練と体づくりを行った結果。

「肉弾戦が大得意な武闘派令嬢クレハの一丁あがり、……ってことか？」

「そうです！　残念ながら令嬢ではないけどね！」

　ふふん、と呉葉は胸を張った。

（おかげさまで、腕っぷしなら誰にも負けない自信があるわ！）

　ちなみに呉葉という名前だって、本当は「紅蓮刃」でクレハだったが、ラジカルな父親の命名センスがひどすぎると思った母が、役所に変更を期限ギリギリで届け出てくれたので、辛くも今の漢字になったらしい。父の口から無念そうにその事実を聞かされた時は、怒る気すら起きず呆れてしまった。呉葉がまだ中学生の頃に亡くなった母は、思い返すだにきっと我が家の良心だったのだろう。笑顔の優しい人だった。

「とはいえその父親も、私の大学生活半ばに、『ちょっとそこまで武者修行だ！』と出かけていった先のアラスカで、巨大なハイイログマと素手で組み合って、相打ちになって死んじゃって」

「クマ……を、素手……で？　いや待ってくれ。何を言っているのかちょっとわからない」

「だよねごめん当事者の私もいまだによくわかってない」

　成人前に両親ともに失い、そこで天涯孤独ならば、「じゃあもう好きにしようかな」と割り切るところだが、ありがたくもそうではなかった。

――鳴鐘家には、年の離れた末子、優希がいたのだ。

当時まだ中学生だった弟は、その名前のとおり、腕に留まった蚊にすら情けをかけるような優しく気弱な少年だった。

おまけにこの弟、父の遺した武術道場の正式な跡取りでもあったのだが、「父さんの跡は僕が継がなきゃ！」という志こそ高かったものの、肝心の武芸の腕前の方はからっきしだったのだ。

呉葉は思った。

『私がやらねば！』

亡き両親の代わりに、弟のことは立派に育て上げねばならない。

そして、弟がいっぱしの上達を見せるまでは、代理で父の道場も守らねばならない。

「それは……苦労したんだな。あんたみたいな細腕で、その決断はさぞかし勇気のいることだったんじゃないか？」

話を聞きながら、しみじみと呟かれたイザークの労わりの言葉は、呉葉にとって妙に新鮮でくすぐったかった。

細腕、なんて。自分にはねじれの位置にある単語だと思ってきたのに。よもや人生二十九年目にして言われる日が来ようとは。

「私、確かに今はこんな申し訳ないほど可愛らしい感じの見た目だけど、鍛えてかなり上背もあって頑丈なのが自慢だったんだよ？　どれぐらいかっていうと、猛スピードで突っ込んできた自転車と曲がり角でぶつかって、向こうが弾き飛ばされて宙を舞ったくらい」

過失割合はゼロ対十であちらが悪かったらしいが、全身打撲を負った相手を放置できるわけもなく、迷わずその足で病院まで担ぎ込んだ呉葉である。通りすがりの高身長女を轢いたと思ったら逆に自分が轢かれていて、しかもその女に横ざまに抱えられて疾走された被害者のサラリーマンは、泡を吹いて失神していた。「今更だけどトラウマになってないといいな」と改めて祈るばかりだ。

「ジテン、シャ？　って？」

またしてもイザークが耳慣れない単語をおうむ返しにして頭を捻っているので、「あ、そっか、こっちにはないのか」と呉葉は手を打つ。

「あっちの世界の乗り物でね。こっちでいうと、そうだなあ、えーと……馬みたいなもん」

「……馬⁉」

「うん、馬」

「馬が宙を⁉」

「舞ってたねー」

信じられないという顔でこちらを凝視するイザークの脳内では、本来の呉葉像が凄まじいゴリマッチョとして構築されているのかもしれないが。はい、別に問題はないので訂正はしません。

「そうか、それであの戦闘能力か……」

納得しつつ明らかに引いているイザークに半笑いになりつつ、呉葉はしみじみ思う。

（なんだかんだと頑張ってはいたんだよね。我ながら）

もちろん、武術道場の師範代というだけでは暮らしていけない。もう一つの社会的身分は、新卒から勤め続けた某民間のＯＬである。

同僚上司それぞれに「鋼の筋肉姉御！」「一般的なニュアンスじゃなくて、企業に勤めるガチの戦士って意味での企業戦士」「こないだまでカリブで海賊やってたって本当ですか？」と揶揄されつつ、そのタフさをフル活用して働いてきたものだ。

思えば多忙な会社勤めをこなしながらの道場経営という荒技は、本当に生半可な覚悟でできることではなく。激務が祟ってリアルに胃をやられかけた時もあった。それでも、試練のすべてを超人的な体力気力で乗り切ってきた呉葉なのだ。

ただ断じて倒れてはならぬ、姉弟の食い扶持を稼がねば、の一心で。

見かねた弟は高校を出る頃、「姉ちゃんにばっかり負担をかけられない、卒業したら僕も働く！」と言い張ったが、それはやめなさいと押し留めた。自分自身は親の金で大学を出たのだ。弟にだって同じ教育を受けさせてやりたいし、本当に父の跡を継ぐのかどうかも含めて、将来をあれこれ選択する自由をあげたかった。

「で、紆余曲折を経て、どうにかこうにか優希が大学に行き、さらに就活戦線乗り切って、見事一流企業に内定取るまで見届けきって。道場の跡継ぎになりたい意思は変わらなかったから、そのぶんまるっきりダメだった武術もガッツリ仕込んで！　おまけにあの子ったら、ちゃっかり結婚相手までできてたし！」

ああ、優希はもう大丈夫だ。

やっと安心できる。

——と、ほっとひと息ついたところで。

「増水した川にドボンだもんね……あーあ。びっくりしたったらないわ」

まさかの人生第二ステージが、体どころか世界ごと総入れ替えだとは。

まさにジェットコースターライフ。シートベルトも緊急停止ボタンもなさそうだけれども。

（だからこそ、返却期限まではしっかり生きなきゃね）

「とまあ、そんな感じの展開なのよ。我ながらエキセントリックだなって思うから、信じてもらえないかもしれないけど……」

「いや、……信じるよ」

へらっと笑って話を締めようとした呉葉だが、耳を傾けていたイザークの表情が案外神妙なので驚いた。

「ごめんね、シリアスな気持ちにさせるつもりじゃなかったの。同情してほしいわけでもないし」

「同情しているんじゃなくて、単純に驚いているんだ。あんたが弟のために、人生のほとんどを捧げすぎているから」

「え、そこ？」

（武術道場を切り盛りしながら会社員やってたことについて、じゃなくて？）

今度は呉葉の方が驚かされた。思わず突っ込むと、イザークはバツが悪そうな顔をした。

「ちょっと自分では馴染みのない発想だから……テオもクレハ嬢一筋だし、似ているっちゃそうかもしれないが……」

歯切れの悪い感想に、呉葉は首を傾げた。

「そうかなあ。でもイザークだって、テオバルトお兄さんのために一生懸命じゃない」

「……俺がなんだって？」

新緑色の目を細め、イザークが怪訝そうな表情をするので、呉葉は念のため注釈を加えた。

「だって、前にイザーク言ってたでしょ。『妹のことで弱ってるテオに心労かけたくない』

って。で、今だってそのために不慣れな私に色々教えてくれてるし、あれこれ調整もしてくれたじゃない。血縁のあるなし関係なく、誰かを守りたい気持ちを実行に移せるって、すごいことだと思うよ」

「ああ、それは……自分のために必要だからそうするだけで、別にテオに対して忠実だとか、何か尊い使命感に駆られたわけじゃなく……」

「動機はよくわかんないけど、現にやってることが尊いならいいじゃない。そんなに自分を過小評価したり、偽悪的にならなくても」

「え？」

　ますます解せない風のイザークに、呉葉は腰に手を当てて首を振る。

「イザークはちゃんと優しいよ。それにテオバルトお兄さんに対しても、すごく誠実な友達だと思う。自分でどう思ってるかは知らない。少なくとも私は優しいと思うし、優しさって強くないと保てないから、やっぱりすごいことじゃないのかな、って」

「……──」

「強くなければ生きられないけど、優しくなければ生きてちゃいけない、って昔の偉い人も言ってたし。いや誰だっけ、どうだっけ」

　ついつい話しすぎたあと、相手が思ったよりも途方に暮れた──というか、未知の言語を聞かされたような顔をしているもので。

（やば、気に障ったかな）

呉葉は慌てて話題の転換を図ることにした。

「あっそうそう！　ち、ちなみにイザークにもきょうだいはいるの？　気になるなー！」

「……まあ、その話はそのうち気が向いたらで」

わざとらしい質問には、彼は乗ってこなかった。

（ん？　なんか気まずそう）

地雷を踏んでしまったかな、と少しだけ焦る。もしくは、呉葉のことを詳しく知りたがる割には、あまり自分の情報を明かしたくないのかもしれない。

（誰にも話したくないことの一つや二つあるものだし、そこは別に構わないけども、悪いことしちゃったかな。イザークって、なんか生きにくそうなところで生きてきたのかも、ってのは覚えとこう）

言葉を濁す彼に、「深くは訊くまい」と判断するが、なんとなく気まずさや据わりの悪さは消えない。

（そんな時は……そう！　身体を動かすのがいちばん！）

突発的なわだかまりや迷いは物理的に動いていたら案外なんとかなる。これまた呉葉の持論である。

ともあれ呉葉は、いささか藪から棒にも思われる誘いを彼に向けることにした。

「イザーク、なんなら手合わせしてみない？」

なぜなら初対面時から、イザークは呉葉の身のこなしにとても興味を示していた。

「動くとお腹が減るとはいえ、食べるだけ食べて体動かさないとそれはそれで不健康だし、うちの鳴鐘流の体術とか気になるなら教えられるかもだし。興味あるなら、だけど」

もしよかったら、くらいの軽い気持ちだったのだが。

「！　いいのか」

この提案に、イザークはミント色の瞳をわずかに輝かせた。予想より積極的だ。

（おっ。いい反応）

純粋な好奇心があると雄弁に語るその眼差し（まなざし）に、呉葉は思わず噴き出した。

「もちろんよ！　色々ご馳走（ちそう）してもらったり教えてもらうばっかりで、それこそあなたに見返りがなくて申し訳ないくらいだったもの。むしろ新しくうちの技を継承（けいしょう）してくれる人ができるなら、私もありがたいな。ちなみにイザークって今まで何か武術は習ってた？」

「一応、剣術や弓術（きゅうじゅつ）はじめ、武術の心得はひと通りはあるよ」

「それは頼もしい！　楽しみだわ」

とたんに、呉葉はワクワクした。

（まさか、異世界で稽古（けいこ）ができるとは思わなかった！）

かくして、同じ噴水広場を舞台に、――イザークに鳴鐘流の稽古をつけるのが日課に加わった。

なお、事前に「武術の心得はひと通りある」などと控えめな表現をしていたが、もともとイザークの持っていた技倆はかなりのものだ。

彼の持つ剣術や格闘術などが、現代日本人にはあまり馴染みのない動作だということもあり、武技を教えがてら手合わせすれば、呉葉にとっても修練になる。

他方、彼は引き続きこの世界のことや各国の宮廷マナー、自分の知る限りの「クレハ・メイベル」の個人情報などを、色々と懇切丁寧に教えてくれている。

そして約束どおり、異常食欲を解消する手段を見つけるべく、魔力の使い方についても講義を始めることになった。

「……重力操作と時空転移？」

「そう。物の重さを自由に変えられることと、今いる場所と別の空間に自分や他のものを転移させること。それが、クレハ嬢特有の生まれつきの能力だった。すごく珍しいことなんだ。普通、魔力は水と風と炎と土と樹、いずれかの性質に属す場合が多いから」

クレハの魔力が希なものだとは、そういえばテオバルトも言っていた。イザークの属性を問えば炎だという。「おお、かっこいい！」と目を輝かせる呉葉に、「話を続けるぞ」とイザークはそっぽを向いた。

「時空……っていうからには時間を操る力もあったらしくて、たとえば自分の周りで流れる時間を遅くして、まるで短距離での瞬間移動みたいなことも可能らしい。理論上は」

　イザークの台詞に、「へぇ……」と呉葉は感心する。

「重力操作も、時空転移も。物理法則に干渉できるなんて、すごかったんだね、クレハちゃんの魔法って。けど、理論上って但し書きつきなのは、なんで？」

「うーん……どっちも神代の伝説でしか聞いたことがないような、前例がない属性の異能だったし。何にせよ彼女は魔力が強すぎて、一度でも魔法に手を出せば命が危ういとまで言われていたからな。魔力鑑定の結果でそう出ていただけで、俺も実際のところは見たことはないんだ……というか多分、あんたが『こっち』に呼び寄せられたのが、彼女の使った最初で最後の術……だと思う」

　生前、本物のクレハが持っていた能力は、かなりチートな規模だったが、使いこなすには魂がついていかなかったらしい、と。イザークは言いにくそうに話してくれた。

（そういえば……クレハちゃんは私を呼んだ時に、『その強靱な魂、わたくしにください』って言ってたっけ。そして肉体は魂の具現化、魂は魔力の器……）

　ならば、魔力を使いこなせる素質はあると考えていいのだろうか。

（とにかく実践あるのみ！　まずもって魔法が使えるなんてワクワクするし、それでこの絶望的腹減り現象をどうにかできる糸口が見つかるなら、まさに一挙両得だもの！）

やる気満々で「いざ拓かん、偉大なる魔法使いへの道！」と臨んだものの。

残念ながら。……イザークに魔術の基本のキを習ってみたところ、いっそ清々しいほど才能がないことが発覚した。

聞けば、よくファンタジーで見かけるような呪文の詠唱だの魔法陣だのは必要なく、ただひたすらに集中力を高めて、小さなものから自分の魔力を注入する、――というのがやり方らしいのだが。

「ぬ、縫い針の糸通しとかめちゃくちゃ苦手なの私……！」

紐で吊るした小石に魔力を込める過程で、ピクリとも動かないそれを前に、呉葉は大の字にひっくり返った。紐の先を持ってくれているイザークが眉間を揉んで呆れ声を出す。

「おい、投げ出すのちょっと早すぎんじゃないか、クレハ」

「だよねー！」

イザークが、鳴鐘流武術を水を吸い込むスポンジのごとく吸収していくのに対し、呉葉の魔法習得は、遅々として進まないのだった。

修行は、翌日もそのまた翌日も続いた。

根っから大雑把で、繊細な作業が苦手な呉葉は、どうしてもなかなかうまく力を使うことができない。

「クレハはナルカネ流なら達人だろう。武芸の鍛錬の際に、意識統一に使っていた掛け声とかないのか？」

日を置いても変わらぬあまりの進展のなさに、見かねたイザークにアドバイスされ、呉葉はしばし考え込んだ。

（意識統一に使ってた気合……『押忍！』とか？　『ありがとうございましたぁ！』とか？　いや、ちょっとしっくり来ない。むしろ、毎日親しんでたといえば……道場の入口に掛けてあった、道場訓の額とか……そうだ）

呉葉は目を閉じ、深呼吸して意識を研ぎ澄ませる。

そして、相変わらず同じ位置に吊られているであろう紐の先の小石めがけて、カッと目を見開いて喝を入れた。

「滅私奉公！」

その瞬間、凄まじい気迫に押されたかのように、小石がわずかに上下に振れる。

「あ、動いた！　見た、イザーク⁉」

一週間の修行を経て、ようやくピクリとだけ動いた小石を前に、イザークも感心してくれた。

「見た見た。おー、やるじゃんクレハ。掛け声は……まあ、なんかこう、アレだけど」

「よーし、次！　『一日一善』！　押忍、動いた！　『勧善懲悪』！　押忍、あざました！」

「……念のため確認しとくけど。あんた見た目がクレハ嬢なの、くれぐれもテオの前では忘れないでくれな……？」

そして二週間後、四苦八苦しながら、どうにか一つだけ魔法を使えるようになった呉葉である。

編み出したのは――『触媒として自分の持ち物を渡した相手を、自分のいる場所まで呼び寄せる』術だ。

例えば、ハンカチだったりブローチだったり、『クレハ・メイベル』にまつわる何かを渡した人は、相手が邸内のどこにいても、自身のそばに瞬間移動させることができる。今のところイザークでしか試していないものの、おそらくは誰でも動かすことができるはずだ。もちろん、物品であっても。

ただし、かなり集中しないと、対象の移動範囲を調整するのが難しいことも判明している。

一度、クレハの宝石箱から拝借したブローチを触媒としてイザークをお試し瞬間移動させようとしたところ、彼がブローチを留めていた上着の袖口だけ引きちぎって、手元に呼び寄せてしまったことがあった。

あたかもレーザーで切り裂いたかのように、布地はスパッと綺麗な断面を見せていた。だらんと垂れた袖口を見下ろして絶句するイザークに、「ほんとごめん」と呉葉はもう平謝りだった。

しかし、さぞかし恐ろしかっただろうに、彼は「別に、手が持ってかれたわけじゃないから気にすんなよ」と苦笑して励ましてくれた上に、変わらず練習に付き合ってくれてもいるので、かえすがえす心底いい人だと思う。

(今のところ、この魔法の使い道があるかは不明だけど……まあ、そのうち役に立つ日が来ればいいかな)

他の術はまださっぱりだ。この調子では、本来の目的である空腹のコントロールにも時間がかかりそうである。

自分の不器用さを思えば、一つ覚えられただけでも奇跡といえよう。何ごとも一歩一歩で、他はおいおい。と、呉葉はとりあえず納得することにした。

もちろん、彼の異世界講座は、魔法についてばかりではない。

例えば地理。

海上の大陸は全部で四つ。東西南北それぞれに、葉の大きさが不揃いな四葉のクローバーのような形で並んでいる。ちなみにそれぞれの面積を比べると、エーメとハイダラがあるヴィンランデシア西大陸が最大だとか。

なお、市場の上空で見たような浮島だけでなく、空に浮かぶ大陸もあるそう。その数は二つ。極東と極西にあり、人間はおらず神々の庭となっている。

唯一神の概念はなく、天地創造は数多の諸神が行ってきたものだと、単なる神話ではなく『事実』や『歴史』として認識されている。

世界は球面でなく平たい。海の彼方は、滝になって切れ落ちているというが、見に行って戻った者はいない……。

（おおう……骨の髄までファンタジー！）

改めて、自分の生きてきた現代日本との違いにのけぞった呉葉である。

ちなみにドラゴンはやっぱりいるらしい。というか、実在するのか尋ねたら「え、クレハの国にはいなかったってことかい？」と逆に問い返された。その返事があまりにナチュラルすぎて、「そっか、いないのがおかしいのかな……」という気分にさえなった。

そんなこんなで、なんだかんだと。

異世界で強制スタートした期間限定の第二の人生だが、戸惑いつつも、なかなか楽しい日々を送れるようになってきたのだった。


しかし、このまま何ごともなく円滑に順調に——と進むには、案の定というか、ちょっとばかりトラブルがあった。

「クレハ、イザーク。……お前たち最近、二人して僕に何か隠しごとをしているのではないか？」

テオバルトから不審そうに尋ねられたのは、イザークが訪問の頻度を上げてひと月も経たないうちである。

（うっ……）

まさにこれから薔薇園で内緒の稽古に出向こうとしていた呉葉は、隣にいるイザークと顔を見合わせる。

「え？　い、いいえ？　そんなことはございませんことよ？　ねえイザーク……じゃなくてイザークお兄さま」

「そうだぞテオ、クレハ嬢の言うとおりだ。別に、俺は気晴らしの雑談に付き合っているだけだし、それはお前だって承知の上だろ」

本館の玄関アプローチで呼び止められてしまい、二人して釈明する。素直すぎて焦りが表に出てしまう呉葉に比べ、イザークの芝居はひょうひょうとしたものだ。しかし、テオバルトの目は誤魔化せなかったらしい。

「ほら、……今も息がぴったりではないか。余計に怪しい。このところ僕がいる時でも毎日のようにイザークが来てくれるが、お前たち、以前はそこまでは仲良くなかっただろう。……はっ！　イザーク、よもやこの僕に黙って、妹に、い、……いか、いかがわしい真似をしているわけではなかろうな⁉」

（いかがわしい真似ってなに⁉）

愛妹と親友とが二人並んでわざとらしく貼りつけた笑みに、澄んだ薄青の眼を細めつつ。テオバルトは腕組みしてビシッと指摘してくる。

これには呉葉はもちろん、さすがのイザークも度肝を抜かれたようだ。

「は⁉　お前なあ、何をありもしないことを疑ってるんだよ⁉　前にちゃんと説明したろ！　記憶が戻るきっかけになるかと思って、土産の本片手に、普通に取り留めもない話をしてるだけだって！」

呆れまじりに反論するイザークに、テオバルトはますますキツく眉根を寄せる。

「もちろん僕だってそう信じたい。だが、最近お前たちが戻ってくる時に出くわすと、やけに息が上がっていたり、頰が火照って汗をかいていたり、シャツのボタンが外れて衣装が乱れていたりするではないか」

「あ、そ、それは――」

武術の稽古をしているからです。

ものすごく心当たりがある。

「そりゃまあ、外は日差しがきついから、俺たちだって話しているうちに襟元も緩めるし身体に熱も溜まる」

「そそそう、そうですわ！　お、お、お兄さまったらご冗談ばかり!!　わわわたくしたち、なな、何もないんですから！」

とっさにイザークが言い返してくれる。が、一方でうまい言い訳が思いつかずに情けなく視線を泳がせた呉葉の所作を、テオバルトは見逃してくれなかった。

「やはり怪しい……！　お前たち、さては本当に！」

「違う!!」

ざっと顔から血の気を引かせるテオバルトに、呉葉とイザークの否定が綺麗に被った。

「本当か？　……怪しい。非常に怪しい。さっきから、兄の勘がビシバシと働いているのだ。『あの時、無理矢理にでも仲を裂いておけば』とあとで悔いることになるのではないかと。イザーク、お前は人当たりも容姿も良くて、他の貴族たちからやっかみを受けるくらいにご婦人がたの人気が高いし、……さては甘い笑顔と手練手管を弄して、何も知らぬ無垢なクレハを暗がりに連れ込んで毒牙に」

「かけてねえよ‼」

「この不潔の不義理の友不孝者め！　婚前交渉など断じて僕は許さぬぞ！　かくなる上は決闘だ！」

「具体的な生々しい単語出すなよな⁉　許されなくても妹御には何もしてないしもちろんお前と決闘する気もない！」

妄想力逞しすぎんだろ、とイザークはげんなりした調子で眉間を揉んだ。わずかにも口を挟む隙もなく、挟んだところでさっきヘマをした手前やぶへびになりそうな呉葉は、ハラハラしながら成り行きを見守るしかない。

「ああもうめんっどくせえ！　そんなに疑うなら今日はお前も来ればいいだろ！」

業を煮やしたイザークの提案に、テオバルトは待ってましたと言わんばかりに目を輝かせた。

「そうかそうだなそのとおりだな！　何を隠そう、今日は僕も休暇をもらっていてな。ぜひお前たちの内緒話に付き合わせてくれ！」

（あっ、ひょっとしなくてもこれは私たち、テオバルトお兄さんにハメられたんじゃ）

らしくもなくイザークに絡んでくると思ったら。

ワクワク、ソワソワと嬉しげに、すぐそばに控える使用人にお茶やおやつと思しきバスケット――この様子だとたぶん事前に準備していた――を持たせているところを見ると、きっと彼は、ずっと仲間に入れてほしかったに違いない。

(まあ、テオバルトお兄さんに、『予定合わせて自分も一緒に行きたい』って言われるたびに、今までのらりくらりとかわしてきたもんなあ……実はフラストレーション溜めさせてたのかも)

そして、今日はなんとしても同行する気だったのだろう。

(えっと……)

どうしよう、とイザークをチラリと見やると、彼は額を押さえて首を振っている。

その表情から察するに、こうなったテオバルトは何がなんでもついてくるに違いない。

「内緒話ではありませんことよ……?」

一応、呉葉はそこだけ否定しておいた。

別に庭で話している内容が秘密なのではない。

妹の中身が異世界転生してきた別人という前提が秘密なだけだ。


——と、いうわけで。

その日はいつもの緑の迷路に囲まれた薔薇園ではなく、敷地内にある池のほとりに設けられた白亜の東屋で、三人で円テーブルを囲みながらお茶をすることになった。

ちなみにテオバルトが準備してくれていたのは、一口サイズのデニッシュサンドイッチや小ぶりな肉詰めパイなどの可愛らしい軽食ばかりだったので、今日は牛馬のごとく飲み食いとはいかない。が、メイベル家お抱えの料理人が腕によりをかけたそれらはいずれも美味で、呉葉はニコニコしながら小腹を満たしていた。

なお、空には雲ひとつなく、太陽は燦々と輝いている。日陰ではあるが少し汗ばむほどの陽気に、呉葉はイザークと共に、「ホラホラホラァ！　暑いでしょうが暑いでしょうがァ！」と言わんばかりに、ここぞと襟元をくつろげ、ハンカチで汗を拭き、わざとらしく扇子で自らの顔を扇いだ。婚前ほにゃらら疑惑をかけられたのはきっと便宜上のことなのだろうが、念には念を入れるべきだ。

そよ風に揺れる柳の枝を見やりながら、ベーコンと青菜のキッシュをもぐもぐ頬張る呉葉に、テオバルトが目を細めている。

「つくづく……さても夢にも思わなかったものだ。あんなに食が細かったお前が、こんなふうに美味しそうに食事をするところを見られる日が来ようとは」

（え、と）

ゴクン、とキッシュを飲み下し、呉葉は返答に困った。結局は素直に頷くことにする。

「はい、ありがとうございます。美味しいです」

「よしよし。ガレットも食べるか？　……おや？　頬に随分と可愛らしいものがついているぞ。先ほど食べていたカナッペかな」

テオバルトは不意に指を伸ばしてくると、呉葉の頬に残っていたらしいクラッカーのかけらをつまみ上げ、さらにはひょいと何げなく己の口に放り込んだ。

（ギャッ！）

これはさすがに心臓に悪い。いくら本物クレハには『お兄さま』でも、中身は別人呉葉なのだ。かろうじて品のない悲鳴を呑み込めただけでも褒めてほしい。

（やってしまった……食べカスをほっぺにつけてるなんて、お行儀悪くて公爵令嬢っぽくなかったかも。う、疑われては……いない……のかな？）

チラリとテオバルトの様子を窺い見るが、相変わらず機嫌よくニコニコしているばかりだ。呉葉はほっと胸を撫で下ろした。

「ご、ごめんなさいお兄さま。わたくしったらはしたないことを。おほ、うほほ、うほっほ……」

いやウホホはゴリラだろう。内心で自主的に突っ込みつつ引き攣り気味の笑顔で誤魔化す呉葉と、そんな妹を前に目尻を下げるテオバルトを前に、イザークはどこか不満そうである。

「……塩っけ強いものばっかりだと飽きるだろ。ほらこれ、クレハ嬢の好きなマカロンも持ってきたから」

どこかぶっきらぼうな口調で、またまた繊細な細工物の化粧箱に入った菓子を突き出してくるイザークに、呉葉は「あ、ありがとう、ございます……？」と礼を言いつつ首を傾げる。

（イザーク、なんかちょっと不機嫌なのは気のせい？）

しかし、マカロンと入れ替えるべく食べかけのキッシュを遠ざけるのは勘弁してほしい。それ、まだ食べるんです。主役のベーコン部分を楽しみに残してあるんです。

テオバルトに接するイザークの気配がどこかピリピリして感じられるのは、秘密がバレるのを危惧しているせいだろうなあ……と当たりをつけつつ、呉葉は差し出されたマカロンを素直にもぐもぐ食べる。その途端、イザークの緊張が少しだけ緩んだ。気のせいかもしれない。

「で？　……何もないって、テオは納得できたか？」

「ああ。疑って悪かったなイザーク」

「……ったく、お前、そろそろ妹離れしろよな」

「ホホーウ？　その態度を見るに、どうも、やはりもう少し疑っておいた方が良さそうだ」

「なんでそうなる！」

気の置けない様子で軽口を叩き合うイザークとテオバルトに、呉葉は首を傾げる。

（この二人、本当に仲がいいんだなあ）

言葉や態度の端々から、信頼や安心が伝わってくる。

立場や国を超えた彼らの友情を改めて目の当たりにすると、なんだか眩しくも微笑ましく。つい呉葉は目元を和らげた。

ちなみに、その間もマカロンは絶えず口に吸い込まれている。このキャラメル味のやつ大変おいしい。口当たりがふわっとサクッと軽やかすぎて、目からでも鼻からでも食べれそう。それだと目当たり鼻当たりか。

そうして、三人で穏やかな時間を過ごしつつ。

少しずつ西に落ち始めた太陽に、「さあ、そろそろ館に戻るか」とテオバルトが切り出した時だった。

「……？」

――ふと。

チリっとうなじを焼くような不快な感覚があり、呉葉は眉根を寄せた。

（何か、いる……？）

手に持っていたティーカップを静かにテーブルに置き、さっと周囲に注意を走らす。同時に、イザークやテオバルトも違和感に気づいたようだ。

「なんだ？」

とっさに立ち上がったテオバルトが、呉葉を庇うように引き寄せた。イザークも席を立ち、東屋の外を睨む。

原因はすぐに判明した。

「テオお兄さま、危ない！」

呉葉がテオバルトの腕を掴んで叫ぶのと、東屋のそばの茂みから何か黒いものが彼めがけて飛び出してきたのは同時だった。

すかさずイザークが月刀を抜いて、飛び出した影に振り下ろす。

肉を断つ鈍い音とともに、小さなものがぽとりと石の床に転がった。

胴体半ばで真っ二つになった、それは——

「蛇……!?」

——ではない。

頭と胴体半ばまで蛇だが、切り離された尾が途中から形を歪め、鋭い棘を持つ虫のようなものに変わっている。

(尻尾がサソリ？　何、これ)

図鑑でしか見たことがない、砂漠の毒虫。半分が蛇、半分はサソリ。イタチ程度の大きさしかないものの、毒々しい赤と黒の縞模様のそれは、瀕死の状態でも害意を失っておらず、シャアッと口を開いて鋭い牙の覗くあぎとから紫色の唾液を迸らせた。

「合成獣……」

呆然としたように呟くテオバルトに、呉葉は慌てて「怪我はありませんか」と尋ねる。

「クレハ、お前こそ！　イザークも大丈夫か」

「わたくしは平気です」

「俺もだ。それより……」

絶命した合成獣は、ブスブスと切断面から灰色の煙を上げながら溶け崩れていく。血に染まった部分の床石も、強い酸で焦がしたように変色している。

（ええ⁉　毒にしたって、生き物が持つにはあまりにも規格外すぎる！　しかもこの変な生き物……）

──明らかに、テオバルトに狙いを定めて襲ってきた。

東屋を目指して忍び寄り、位置としては近かったはずの呉葉よりも、真っ直ぐ彼に向かってきたのだから。

「！」

やがて、合成獣の屍は完全に気化してしまう。そして消えたあとには、焼けた床石と、奇妙なものが残されていた。

「？　黒い薔薇……？」

酸にやられて萎れ、ボロボロに崩れかけた、無残な有様の黒薔薇が一輪。

そして、合成獣の血によってできた黒い焦げ跡は、いつの間にか、はっきりと文字列を

なしていた。

『妹の次はお前だ、テオバルト・メイベル』

「……！」

まざまざと示された害意に、テオバルトが顔色を変える。

「また現れやがったのか。あいつが……」

唇を噛み締めるテオバルトの隣で、険しい表情でイザークが呟いた。

（あいつ……って？）

事情のわからない呉葉だけが、緊張の消えない空気の中で取り残されてしまった。

不気味な蛇サソリによる襲撃のあと、邸内は蜂の巣をつついたような大騒ぎになった。

メイベル公爵家の騎士団が敷地内をくまなく見廻り、不審者や不審物を探したが、以降は何も見つかることはなく。王宮からも応援の憲兵が派遣されたものの、やはり空手に終わることになった。

「警備の穴も特になかったんだろ。それにあの黒薔薇……」

「間違いない。あいつがまた現れたのだろう。あの快楽殺人鬼が」

「とにかく、しばらくは俺の護衛士も増員に貸し出させてくれ。ベルナデッタ陛下もご配慮くださるらしいが、念のためだ」

「……すまないな、イザーク」

厳重な警護の敷かれた本館に戻り、ひとまず客間に落ち着き。緊張した面持ちで話し合うイザークとテオバルトを、肩にブランケットをかけられ、ソファに座っているよう言われた呉葉は、少し遠巻きに見守っていた。忙しなく行き交う使用人や兵たちに、不安が煽られる。

「あの、テオお兄さま、イザークお兄さま……何があったのでしょう。あの黒薔薇と予告文は一体」

「クレハ、部屋に戻りなさい」

痺れを切らして立ち上がり、彼らの元に向かうと、今までになく硬い面持ちのテオバルトに命じられる。一瞬怯んだものの、呉葉は「テオお兄さま！」と食い下がった。

「何が起こったのかわからないままでは、わたくし落ち着きません！」

「戻りなさい、と言ったのだ。クレハ」

「……っ」

アイスブルーの双眸に鋭く見据えられ、呉葉は声を詰まらせた。

これは、今はどうも引き下がるしかなさそうだ。

「……わかりました。わたくしは失礼いたします」

ため息まじりに扉に向かいつつ、最後にチラリと振り向くと、イザークの緑の眼差しとかち合う。

──必ず話すから。

唇だけでそう告げられたのがわかり、呉葉はほっと息を吐くと、改めて会釈してその場を辞した。

(ありがとうイザーク。ちょっとだけ、気持ちが軽くなった……でも)

ずっと穏やかな日々が続いていたから、すっかり忘れていた。この身体の持ち主、クレハ・メイベルは毒を盛られたのだ。

(私はまだ、知らないことが多すぎる)

護衛と共に廊下を足取り重く歩きながら、呉葉は胸につかえた息を吐き出した。

その後。

不気味な合成獣の襲撃があったせいで、呉葉を取り巻く環境は危うく一変するところだった。

許されていた庭の散歩が再び禁止され、また自室軟禁に逆戻りしかけ、呉葉は慌てて抗議したものである。

「狙われたのは明らかにテオお兄さまです。つまり、わたくしは標的にはされていないのでしょう。お兄さまこそ身の安全を大切にしていただかなければ」

「だが、僕は自分よりお前の方が大事だ」

「ではわたくしもわたくし自身よりお兄さまが大事ということにします！」

「そういう問題ではない！」

「いいえ、そういう問題ということにもします！」

喧々囂々たる子どもじみた応酬の果てに、「二人とも落ち着け」とどうにかイザークが間に入ってくれ、とりあえず軟禁逆戻りは免れたものの、安全が確保されるまでは邸宅本館の中だけに行動範囲を限られてしまい、不自由な思いをすることになった。

しかし、用心のため、イザークが公爵邸を三日にあげず訪れるようになったのは幸いだった。

「あの東屋に細工がしてあったの……？」

やがて、テオバルトが席を外している時を見計らって、イザークが事の次第を話してくれた。

「ああ。実はあの東屋、俺たちとの予定がなくても、晴れた日ならテオがよく読書をしに行く、気に入りの場所なんだ。別に秘密にしているわけでもない習慣だから、知っているやつがいてもおかしくはない」

話しながら、イザークの表情は暗く翳っていく。

「俺も迂闊だった。合成獣の侵入を許すなんて……」

（？）

その口ぶりに、呉葉はふと違和感を覚える。

訝る様子を察したものか、問いを発する前にイザークの方が答えをくれた。

「このところ、テオバルトは命を狙われ続けているんだ」

（え！）

あまりに物騒な話だ。呉葉はぎょっとした。

「テオバルトお兄さんが、……命を狙われてる⁉」

「あいつは水の魔術が使えるし、とりあえず自分の身を守ることはできる。でも……」

そこに悔しげな色が滲んだので、ふと呉葉は察するところがあった。

「ひょっとして、本物のクレハちゃんが毒を盛られたのも――？」

「……正解。本命の兄の方が狙いにくいから、見せしめにやられたんだと思う。部屋に忍び込まれて、飲み水に毒を入れられた。肺を焼いて心臓を腐らせる猛毒を……」

深く息を吐いてイザークは口を閉じた。

「ねえ、イザーク。私、ちゃんと知りたいの。テオバルトお兄さんを狙ったのが誰か、イザークには心当たり、あるの？　それは、クレハちゃんが毒を盛られたこととも関係あるんだよね……？」

悔しげに息を吐くイザークに、呉葉はたまらず尋ねた。

テオバルトが、ずっと妹を部屋に閉じ込めようとしていたことも、ただ心配症というには少々行き過ぎでは……と感じてはいたのだ。そういう裏があるなら納得できる。

（公爵という位の高い貴族としての権力や立場がどうのというのはよくわからないけれど、テオバルトお兄さんが個人的な恨みを買うような人間とは、とても思えない）

少なくとも、身近で彼に仕える使用人や騎士団員たちに深く慕われていることを、呉葉はよく知っている。

「教えてもらえるかな。テオバルトお兄さんは……クレハちゃんはどうして狙われたの？　それに私、勝手に毒殺魔は捕まったんだと思い込んでた。けど、勘違いだったりする？」

「それは……」

この質問に対し、イザークは視線を逸らして躊躇を見せる。

ややあってから、彼はやがて意を決したように口を開いた。

「クレハはこちらに来たばっかりでピンとこないかもしれないが、俺の祖国ハイダラ帝国とエーメ王国は、昔からそりゃもう仲が悪い」

イザークの話はまるきり寝耳に水だった。

呉葉は思わず「そうなの⁉」と目を剝く。

「テオバルトお兄さんは、イザークのこと信頼してるし、すごく意外」

「……そりゃまあ、俺やテオ個人の話ではなく、あくまで国家の間だからな。ついでに、この伝統的な睨み合いについて、ハイダラ宮廷内では長らく意見が割れてもいる。対エーメ穏健派と、強硬派とで」

いわば、開戦派と休戦派が、常に勢力シーソーをしている状態。しかし、休戦派がこのところ優位で、永年停戦条約締結に至ったのも、それが要因だとか。

「ただし、……俺の兄であるハイダラ第一皇子のラシッドが、最近になって開戦派の筆頭貴族と手を結んだらしくてね。危機感を覚えた休戦派が、跡目争いから退いたはずの俺を、次期皇帝候補として担ぎ出し始めたんだよ。エーメへの遊学経験もあるから、国に戻れば御輿にはピッタリだってな」

そこから事態は途端にきな臭くなった。

何せ第一皇子ラシッドにとって、イザークはまさに目の上のたんこぶである。

かくして、もとより第一皇子派と第二皇子派で割れていたハイダラ宮廷情勢は、当のイザークが不在であるにもかかわらず、またも荒れ始めた。

「厄介なことに。痺れを切らしたラシッド一派は、とうとう強硬手段に打って出たんだ。エーメ国内部犯を装って、俺と、俺の後ろ盾になりそうな有力なエーメ貴族を抹殺するつもりらしい。とりわけテオは……あいつは女王陛下を伯母に持つ公爵だけあって、王宮での基盤も堅いし、俺と特に親しいから」

「そんなことで……テオバルトお兄さんが命を狙われてるの？」

「……すまない。俺の、身内の恥だ。申し開きの言葉もない」

（だから、きょうだいの話を振った時、なんとなく嫌そうだったのかな……）

彼が家族の話を頑なに避ける理由の一端がわかり、呉葉は俯く。

「……ごめん、イザーク。無理に訊いちゃって。きっと話したくないことだったよね」

謝ったのち、「でも」と呉葉は顔を上げた。

「話してくれてありがとう」

（もちろんテオバルトお兄さんは、イザークを責めるような人じゃない。けど……イザークは責任感が強い人だから）

今まできっと彼は、針の筵の上にいるような心地で過ごしてきたはず。

（イザークが忙しい合間を縫って何度も来てくれて、この世界のことを教えてくれたり、ごはんをたくさん食べさせてくれたり、私にずっと親切だったのも。ひょっとしたら、本物のクレハちゃんへの罪滅ぼしが根っこにあったからなのかな……）

故郷の事情のせいで友人たちを危険に曝す負い目を抱えつつ、だからこそなんとしても自力で守らなければと、孤軍奮闘してきたのだ。


「イザーク。これからは私が一緒に戦うからね」

力強く宣言して、ことさらに明るく笑顔で頷く。続いて、細腕をググッと曲げて力こぶを作るふりまでしてみせると。


「うん。……頼りにしてるよ」

鮮やかなエメラルドの目を瞠ったのち、不意にイザークはクシャリと破顔した。

（……わ）

二十歳という年相応の、どこか幼さを残す少年じみたそれに、呉葉はどきりとする。

（待って、それは卑怯！　いや卑怯って我ながら何が⁉）

「ま、任せて」

動揺でしどろもどろになりつつ、呉葉は改めて請け合った。

こうして。

秘密を共有する異国の皇子さまと呉葉の距離は、この日さらに近くなったのだ。

#6

例の蛇サソリ合成獣の事件から、かれこれ二カ月程度が経過しようとしている。

厳重な警備態勢のおかげか、今のところ、ラシッド第一皇子の刺客が新たに襲ってくる気配はない。ピリピリと緊張状態にあったメイベル公爵邸も、警戒こそ解かないまでも、少しずつ元の穏やかな空気を取り戻しつつある。

イザークは相変わらず足繁く訪問してくれ、テオバルトとの粘り強い交渉の結果、彼同伴ならば庭園の散歩もまた許してもらえるようになった。

おかげさまで、呉葉はいつの間にかこの世界の常識をだいぶ身につけることができてきた。イザークの献身的なサポートがあってのことだ、と彼には感謝してもしきれない。

そのイザークに関しても、呉葉への接し方に変化が出てきた――気がする。

（……よね？）

いつもの噴水広場で、石の囲いに彼と並んで腰掛けて。

本日の教材らしき書物を並べているイザークを横目で見ながら、呉葉はチラリと考える。

なお、公爵邸から出られない『クレハ』はもちろん煌びやかに着飾る機会もないため、イザークの来訪はメイベル邸の侍女たちにとって腕の振るい時らしく、いつも気合を入れて衣装選びをしてくれる。

本日は美しいブルーグレーのドレスを着せてもらった。涙形の宝石が胸元や袖に縫い取られ、身体の線に沿って床まで流れるスカート部は、ふんわりした薄手の透ける生地と光沢のある厚めの生地との二重という凝った作りだ。

淡雪のようなレースをあちこちあしらわれたそれは、『クレハ・メイベル』の可憐な容姿にはよく似合っているが、足回りが少々タイトで動きにくい。「今日は武術稽古は諦めて講義日和かなあ……」と肩を落としつつ、呉葉は引き続きじっとイザークの横顔を眺めてみた。

(私の思い上がりでないなら、とりあえず警戒心は解けてきた……と考えていいのかな？)

当初こそ、猜疑の眼差しを向けてきたイザークだが、このところ、初対面時に感じたピリピリするような緊張感は消えて久しい。

特に、先日の合成獣によるテオバルト襲撃事件のあと、その故国にまつわる苦しい身の上について聞かせてもらってからはなおのこと。

(ひょっとしたら、彼も色々と胸の内に溜まったものを吐き出して、少しだけでもスッキ

りできたのかもしれない）

だったら嬉しいな——と呉葉が思うだけなので、それこそ思い込みかもしれないけれど。

（まあ、……なんでもかんでも、訊かれても訊かれなくてもベラベラしゃべり散らしてきたもんなあ、私も。気を張りようがないというか、呆れられてるのかも？）

　ぽりぽりと後ろ頭を掻きつつ、呉葉は視線を泳がせる。

　結局、「自分のことを知ってもらおう！」を言い訳に、ここでも遺憾なく弟トークを炸裂させてしまった。「ユーキって名前なのよ！　とっても姉思いで気立てのいい子で」としきりに自慢する呉葉に、かつての同僚たち同様、イザークはいつも「ふーん……そうか」と一応の相槌を打ってくれていた。優しい人だ。

（それにしても、ラシッド？　とかいうお兄さんと仲良くない話は聞いたけど、他にきょうだいは……弟とかはいないのかな？　いるなら弟トークで盛り上がりたいんだけど）

　家庭環境複雑そうだし訊いちゃダメだよなあ……などと考えごとをしていたら、思ったよりも熱い視線を注ぎ続けてしまっていたらしい。

「……どうしたよ？　さっきから俺の顔に何かついてる？」

　当のイザークには怪訝そうなしかめ面をされてしまったので、「いやごめん、優希のこと思い出してたら、イザークにも弟とかいるのか気になって」と素直に白状した。

（まあ、どうせ話してくれないとは思うけど……）

気まずくさせたら悪いし適当に話題を変えるかと思ったところで、イザークはぽつりと返答した。

「弟なら三人いるよ。というか、全部で九人きょうだいなんだ」

「え！」

どんな心境の変化か。

答えてくれたことも驚きだが、人数はもっとびっくりだ。

「へえー！　イザークって九人きょうだいなの⁉　すごっ！　お母さん大変だったね！」

「いや、まさか。みんなほとんど腹違いだよ。数だって、まあ……うちの皇室にしちゃ少ない方さ。正妃の身分があるのも、今は、一妃の俺のおふくろと、二妃のラシッドの母親、姉上の母親である三妃だけだし。あとの皇子皇女は女奴隷の子どもだから、帝位継承権は低いね」

「あ、お姉ちゃんもいたんだ？　名前は？　歳はいくつ差？　仲はいい？」

「三歳差。ラシッド兄上とはあんまりどころか険悪だけど、姉上……アイシャ皇女とは仲いいよ。たまに手紙のやり取りしたり……」

「おおっ、手紙書くとかいい弟だねイザークは！　お姉ちゃん絶対嬉しいと思うよ。私も優希にもらった手紙類はチラシ裏のやつまで全部保管してるもん」

と、──ここまではほのぼのとした内容だったのだが。

「まあ。姉上とは、そうかもしれないけど……」

続けてポツポツ聞かされたその生い立ちは、なんとも壮絶な重さだった。

「ハイダラは、砂漠の国なこともあって、何せ生存競争がものを言うんだ。だから、帝位についた皇子は、手始めに他の兄弟を皆殺しにする。自分の権力を万が一にも脅かしかねないから。で、殺されない代わりに、姉妹はみんな政略結婚の道具にされちまう。……とりあえず、俺の親父と、祖父はそうやってきたらしい」

「え……」

「だからまあ、ハイダラの皇子は、正妃を母に持つと基本的に生き残れない。まだ生まれないうちか、赤ん坊の頃にほとんど暗殺されるから。女奴隷から生まれれば帝位継承権が低いからまだマシだけど、完全に安心できるわけじゃないし。俺の、年の離れた腹違いの弟たちも……みんな、ラシッドのやつにどうにかされちゃいないか、ずっと心配なんだ。今は、あいつは俺にばかり目を向けているし、アイシャ姉上がどうにか守ってくれてもいるけど」

「うわぁ。そうまでして得た権力がどれほどのもんよ、って感じね」

「まったくな」

血を分けた兄弟を殺して得た玉座なんて、俺はごめんだね――と。呉葉の言葉に頷いたあと、イザークは顔を歪めてため息をついた。

（……想像以上だった）

現代日本に生まれ育った呉葉には及びもつかないその強烈な環境に、口の中が苦くなる。呉葉が無邪気に弟自慢するのを、どんな気持ちで聞いてきたのやら。申し訳ないことをしてしまった。

（私も両親が亡くなってから結構苦労したと思ってたけど、イザークはもっともっと、それどころじゃなく大変だったんだなぁ……）

基本的に単純ばかの自覚がある呉葉は、休日の昼間に放映されるドロドロ沼沼の愛憎メロドラマを観ても、陰謀まみれの宮廷ものの小説を読んでも、すべての瞬間にすかさず「そしてみんな筋トレをして幸せになりました」と挟んで無理やりハッピーエンドに持っていきたくなる人種である。

「……イザークは頑張っててすごいね」

しみじみ感じ入っては感嘆する呉葉に、褒められたはずのイザークは、酢を飲んだような顔をした。

「頑張ってる？　俺が？　ラシッドとの帝位争いが嫌で、敵対国まで逃げてきたような腰抜けだけど？」

「だってそれは、自分の命が惜しいだけじゃなくて、他の弟くんたちとか、部下の人たちに犠牲が出るのを避けるためだったんでしょ？　腰抜けじゃなくて、勇気ある退却って言うの、そういうのは。逃げるのもパワーがいるもんよ」

「……そういうもんか？」

「そういうもんなの」

「そっか……」

その一言を最後に、イザークが黙りこくっているので。

呉葉は「どうしたの？」と何げなく隣に座るその顔を覗き込み。ぱち、と目を瞠った。

「あれっ、もしやイザーク照れてる？　耳赤っ……」

「照れてないし！　っておい、あんまり顔近づけるなよ、そういうところだぞ！」

「むぎゅ」

大きな手で呉葉の視界を容赦なく遮りつつ、「大体な」とイザークはため息をついた。

「それを言うならあんたの方がよほど努力しているだろ。今だって赤の他人のクレハ嬢やテオのために、一生懸命に正体を隠して……」

「うーん……クレハちゃんのためになってるのかなあ……」

彼の言にはちょっと疑問があったので、呉葉はつい苦笑してしまった。

両手を組んで前に押し出し、グーっと身体を伸ばす呉葉に、イザークはしばらく黙っていたが。

「まずは弟のユーキで、次はクレハ嬢、……か？」

藪から棒にボソリと確かめられたので、呉葉は目を瞬いた。

「へ？　何が？」

「あ、いや……ちょっと思っただけさ。前にも言った気がするけど、クレハの話を聞いてると、いつでも自分はそっちのけじゃないか、ってね」

その指摘に、今度は呉葉が酢を飲んだ顔をする番だった。

「ええ……？　そんなことないと思うけど……。イザークと初めて会った時も、勝手に邸を抜け出して迷惑かけましたし」

「あんたこそ、前世でやりたかったことや思い残したことはなかったのか？　やれクレハはどうしたかったのかだの、やれ引き継ぎが足りないだの言ってるが、自分だって享年二十九だ。死ぬには若すぎる」

「えええ……」

呈された疑問に、思わず考え込んでしまう。

「私自身の……やりたかったこと……？」

しばらく視線を巡らせながら唸ってみたが、いざ「何がしたいか」といきなり尋ねられると、悲しいことに何も出てこない。というか。

「日々、満足しちゃってて。弟は結婚するし、仕事も楽しいし」

――センパイ自身はからっぽじゃないですか。

死んだ日の昼休み、後輩に言われた言葉が耳に甦ってくる。

事実、否定できないのだ。

鳴鐘呉葉が落命したのは、まさに人生最高潮の瞬間だった。死に方に異議もない。子どもが助かってくれていたらいいなとは思うが、護岸を自力で這い上がっていくのを見たから、たぶん心配もいらない。

（呆れた。これじゃ本当にからっぽだ）

自分の夢は？　希望は？　いざ問われると答えがすぐに出てこないなんて。

「いきなり不慮の死に方をしたっていうのは、まあ確かにそうなんだけど……それはそれというか、うーん。だって今まで、私がずっとずっとこだわってきたのは――」

意図せず何かを言いかけて。

ふ、と頭に過ったことがある。

（そうだ）

改めて心のうちを振り返りつつ、迷いつつも。やっぱり思い切れなかったのは。

「あーあ。弟の結婚式、出たかったなぁ」

ため息のような台詞がポロリとまろび出て。

それが自分にとって、――心の底からの、本気の本音なのだと実感して。

呉葉はなんだか、急に胸が苦しくなった。

「私が川に落っこちて死んだ日の週末が、よりによって弟の挙式予定でね。ほんと楽しみだったんだよ? 優希ったら、作文が苦手なくせに、両親への手紙ならぬ姉への手紙を、夜な夜なうんうん唸りながら書いてくれてたのも知ってたしさぁ。せめてアレだけでも読みたかった。いや、神前式だったから、やっぱり紋付き袴で三三九度するところも見たかったわ! お嫁さんもすっごくいい子なの。もうね、超可愛いの。花嫁衣装合わせ手伝ったんだけどさあ、白無垢も綿帽子も似合ってた。お色直しのドレスのカラーは優希に内緒だよって、二人で笑ったなあ。私、本当にあの子たちの晴れ姿を見たかったんだ」

話し始めると止まらなくなって、思いつくがまま、マシンガンのごとく一方的にしゃべり散らす。

シンゼンシキ、サンサンクド、シロムク、ワタボウシ、オイロナオシ。

きっとイザークにはなんのことだかさっぱりわからない単語だらけだろう。けれど彼は、じっと黙って耳を傾けてくれている。

「で、そのうちにきっと、甥っ子とか姪っ子とか生まれて……いや、生まれなくてもいいの。全然いいの。とにかくあの二人が自分たちの思い描いたとおりに幸せなら、それで。……幸せになるところ、見届けたかったなあ……」

ああ。

もう会えないのかなあ、と。

（私があんまり嬉しくて言いふらすもんだから、会社の人たちにも祝福してもらってたっけ。みんな心配してるだろうな。あのまま溺れ死んだなら、総務の手続きとか色々大変だろうし申し訳ない……はあ）

優希は結婚式を挙げられたのだろうか。

いや、ちゃんと入籍そのものができたのだろうか。自分のせいで立ち消えになってはいないか……。

懐かしい顔を思い出しながら、胸に詰まっていた切ないものが喉から込み上げ、目頭が熱くなる。

つん、と鼻が痛くなった瞬間、目からポロリと雫が溢れた。

（うわ）

慌てて手の甲で押さえにかかるが、透明な水はぽたぽたと止めどなく滴ってくる。

（ダメダメ、止まって。やばい、心配かけるから）

「あーごめんイザーク気にしないで……テオバルトお兄さんが汁っけ多い人だから、私も影響受けてんのかも。……あはは」

おちゃらけて誤魔化しながら、ボロボロ流れ続ける涙を隠そうと必死に顔を背けていると、すかさず「汁っけってなんだ。ってか、うつらないだろそこは」と突っ込まれる。

続けて、濡れた頬に何かが触れた。

(……え?)

それがイザークの指だと気づいたのは、一拍遅れてだった。

乾いたそれが、涙を掬い取っていく。

「泣くのは別に恥ずかしいことじゃない」

次いで、ぽん、と手のひらに何かを載せられた。白いハンカチだ。

「それはクレハがそれだけ家族を大切にしてきたって証拠だろ。むしろ誇るべきだ。……顔を見られたくないなら、俺はあっちを向いている。気がすむまで泣けばいいから」

「!」

口調こそぶっきらぼうだが、その声は優しさと気遣いに満ちていた。

(……こんなの、初めてだ)

呉葉はいつでも『気遣う側』だった。他者を配慮することはあっても、自分がされることは滅多になかった。なぜなら、誰よりも強かったから。守ることはあっても、守られることは無縁だったから。

おまけに、こうやって男性に涙を指で拭われたことなんて一度たりともない。弟の涙を拭いたことは無数にあるどころか鼻水も処理してきたし、男泣きする後輩の肩を叩いて

慰めたことも数知れないけれど。

「あ、ありがとイザーク」

心臓が不自然に鼓動を速める。妙に気恥ずかしい。

(うわうわ、何これ。なんか変な感じ!)

頬が熱い気がするのは、たぶん慣れていないから。俯いてお礼を言ったあと、なんだか急に照れくさくなってきて、呉葉は早口に捲し立てた。

「いやーすごい。さてはモテるでしょイザーク! だって砂漠の国の皇族だもん、さては故郷ではリアルハーレム作ってウハウハと見たわね」

ついでに、曲がりなりにも九歳年上の矜持もある。調子を崩されてしまった悔しさで、ついつい鬱陶しい絡み方になってしまった。

しかし、イザークは眉根を寄せて、冷静に首を振る。

「俺は故郷にハレムはないよ。……下手に妻や側女を作ると、ラシッドに狙われた時に面倒だから、できるだけ避けてる」

「ええうっそ⁉ もったいない。イザークかっこいいし紳士だし、引く手数多だと思うのに! それに、恋人になったら絶対大事にしてくれそうじゃない? ね、ね、幼馴染のお姫様とかで気になる子いなかったの?」

「……クレハって、俺以外の男にもそういうこと気軽に言ってたりする?」

「え？　いや全然」

　むしろ、弊社の男性社員陣には『彼女を寝取られた被害者の会』まで結成されて目の敵にされていたので、「あなたって素敵ですね」と男を褒める機会がなかった。ほぼ唯一の友好的な性別オスである弟は、かっこいいとかそういう対象外だし。

（私と同じレベルで普通に組み手できたりする人も滅多にいなかったしなあ。てことで）

「生まれてこのかた、イザークだけよ」

　ズビ、と鼻を啜りながら。目元をハンカチで押さえる呉葉が、本心からそう言うと、なぜか言葉を受け取ったイザークの方は、顔を片手で覆って天を仰いだ。おかしい。褒めたつもりなのだけど、お気に召さなかったのか。

（ああ、それにしても久しぶりに泣いた。お母さんが死んだ時以来かも……お父さんの時は、その後のことが思いやられすぎて、泣いてる場合じゃなかったし）

　呉葉はため息をつく。

　忘れていたけれど、泣くってなかなか体力を使うものだ。喉と頭が痛くて、息もしづらい。願わくば、優希たちが同じ痛みを味わっていませんように。――難しいだろうか。姉ちゃんは心配だ。

（ひょっとして、お兄さんから離れないといけないクレハちゃん本人も、今の私と同じ気持ちだった、のかな……）

ふと推し量ってみる。

が、それはもう今となってはわからないことだ、と首を振って思い直した。

（今ここにいないクレハちゃんの気持ちを、勝手に慮ることはできないし。何を託されたのか、聞いてもいないのに適当に決められない。だから今は、私がやりたいこと、できることをやろう。せめてクレハちゃんが、そのうちに安心して戻ってこれるように）

嘆けどわめけど、『鳴鐘呉葉』が優希の結婚式に列席できる日は、もう来ないのかもしれない。

でも、もうそれでも構わない。いや決して構わなくはないけれど、仕方ない。

最後は笑って前を向くしかないのだから、と。己の感情をきっちり言語化して発散したら、なんだか納得できたし、気も晴れた。

（……イザークのおかげね。泣いたらスッキリした）

しばらく借りたハンカチを顔に当てながらすんすんと涙を啜り続けるうちに、心も決まってきた。

「私、ここでやりたいこと見つけたわ。イザーク」

そうはっきりと口にしてイザークを見据えると、彼は訝しげに眉をひそめたが、黙って耳を傾けてくれている。そのことに、不思議に安心する。

「差し当たっての目的だけど。クレハちゃんに毒を盛ったっていう鬼畜生をきっちり成敗してやらないと気がすまない。あと、今世でもテオバルトお兄さんっていう兄がいるなら、せめてこの手で守り抜きたい。レンタル人生なら、返却まで大事に扱うのが筋！

……他の誰でもない、私の心の健康のためにね！」

力強く宣言して拳を握ると、イザークの方は、虚を突かれたように目を瞬いている。

「……そこんとこもイザークには、改めてぜひご協力をお願いできたら、なんて」

締めくくりに、ちょっと弱気になりつつ手を合わせたところで。

黙りこくっていたはずのイザークが、ふと口を開いた。

「って、結局さ。……あんたやっぱり、考えるのは自分じゃなくて、人のことなんじゃないか」

呟かれたその声が、思いがけず柔らかい響きで、呉葉は首を傾げた。

イザークは、ミントグリーンの眼を和ませ、ほのかに苦笑している。そこにあるのは、見惚れるほどにただただ柔らかな色だ。それに、とても優しい色。

（あ、これは……警戒心ゼロの笑顔なのかな？　ひょっとして）

近いようで遠かったこの青年との心の距離が、ますます近づいていくようで。

それが嬉しいし、ありがたい。

じんわり胸があったかくなると、また止まっていたはずの涙がこぼれそうになり。照れ隠しに苦笑し、呉葉は頬を掻いた。

「そう？　仕事仲間だった後輩には、私は人のことばっかり考えてるから『センパイ自身はからっぽ』なんて言われちゃったんだけど。イザークもそう言うなら、案外田中……じゃなくて後輩の読みも正しいのかも……」

「からっぽじゃない」

「？」

言葉を半ばに遮られ、呉葉は口を閉じた。

「その後輩とやらに、絶望的に見る目がないだけだろ。俺はきっとそいつとは気が合わないな。あんたは全然、からっぽなんかじゃないから」

ゆっくりと文節ごとに言い含めるように告げられ、呉葉は黙り込んだ。

不意に、話し声の止んだ薔薇園の迷路を、微風が通り抜ける。

緑の葉を揺すり、色とりどりの花びらを少しずつ吹き散らし、ふわりと甘い匂いを残していった。

「俺が保証する。だから、あんたの望みを余さず叶えて、浅慮なそいつに目にもの見せてやろうぜ。……力になるよ。クレハ」

「……！」

——ここは異世界で。イザークは生の『鳴鐘呉葉』を知らない。

それなのに。

彼の言葉は、それこそ魔法のように呉葉の心に沁み入っていった。その瞳の新緑を思わせる、清涼な響きを伴って。

「ありがとう、イザーク」

こちらに向けて差し出された手。

節くれた長い五指を持つ青年らしいそれを、小さな少女の手でグッと掴み返し。呉葉は万感の思いを礼に込めた。

自然と頬が緩む。

気づけば、呉葉も涙に濡れた顔で、彼に微笑みかけていた。

かねてよりイザーク・ナジェドにとって、人間関係とは政治交渉で、好意とは交易である。対価を求めて付き合いが発生するし、見返りがあるから親切にする。とりあえずそう考えておけば、余計な期待をせずにすむ。

邪魔な兄弟を殺し尽くして帝位を得たのだと、誇らしげに示す父や先祖たち。それに倣ってか、なんの迷いもなく弟を排斥しようとしている兄、ラシッド。

彼らを駆り立てるものが血脈であるならば、イザークもまた連なっている。残虐で暴力的で乾ききった、熱砂の嵐にも似たハイダラ皇統に。

(肉親を殺してまで権力を欲するなんて、獣の所業だろう。俺は、ああはなりたくない)

けれど、流れている血からは逃げようがないのも事実。考えるほど深みにはまりそうで、いつからかイザークには、何もかも客観的に俯瞰しようとする癖がついてしまった。

おまけに母方に西の血が入っているイザークは、肌色の濃い普通のハイダラ人と違い、黒髪以外は先祖返りで色白な外見だ。余計な反目を買いやすいぶん、明るく朗らかにうまく立ち回るのは安全確保のための必須事項だった。

母なる国ハイダラは砂漠の国。

そして、商人の国だ。ラクダで列をなす隊商貿易によって発展してきた。現に、帝国の紋章は金貨と天秤の意匠だ。

損得によって人を見極め、利回りによって進むべき道の選択肢を絞る。

言っても仕方のないことは言わない。考えても仕方のないことは考えない。誰に対しても情を移しすぎない。基本的に深入りをしない。

心の中に常に天秤を持ち、そうやって処世術を身につけるうち、人間らしい湿っぽい情は、すっかり魂から消し飛んでしまった。

ゆえに。

兄皇子との関係が血塗れの骨肉の争いに発展する前に、イザークはとっとと国を出ることにした。「人質になるなら、見た目がエーメ人に溶け込みやすい自分を」なんて適当な理由をつけて名乗り出たのは、面倒ごとを避けるのにそれが手っ取り早かったからだ。自分を次期皇帝に推していた貴族たちからはさんざん腰抜けと罵られたが、知ったことか。帝位が欲しけりゃお前がなれよ、以外の感想はない。——が、尻尾を巻いて逃げた事実については、ずっと喉に小骨のように引っかかっていた。

エーメに来てからは、幸いにして、テオバルト・メイベルと出会うことができた。

何心なく腹を割って話せる相手がいるというのは非常にいい。心地好い空間を提供してもらえるから、同じものを自分も返す。この関係は単純でわかりやすい。けれど、そのテオバルトとの付き合いですら、どこか一線を引いてきたのは確かだ。

彼の最愛の妹、クレハ・メイベルが毒を盛られた時も。

妹の身を案じ、寝食を忘れてそのそばに寄り添う親友のことを心配しなかったわけではない。ただ、常にこう考えていただけだ。

（まあ、そうなったからには仕方ないか）

イザークは至って冷静に状況を読み、達観し、感情には特段の波風を立てずにいられた。

そのつもりだった。

彼女と、――『クレハ』と出会い、同じ時を過ごすまでは。

――イザークは優しいよ。テオバルトお兄さんに対しても十分誠実だと思う。

――腰抜けじゃなくて、勇気ある退却って言うの、そういうのは。

その素直さは、イザークには及びもつかぬ異世界から来たからだろうか。

なぜだろう。

妙に、心を揺らされる。

――これからは私が一緒に戦う。

そう言ってもらえた時、素直に嬉しかった。故郷や家系の事情を話したくなかった気持ちまで見透かされていたことに動揺はしたけれど、今はそれすらもありがたく感じる。

こうも人がよく利他的な人間を、イザークは見たことがない。今の『クレハ』は、クレハ・メイベルの外見に沿った年下のような無邪気さと、クレハ・ナルカネという本来の彼女ならではの、年齢相応の落ち着きや寛容さを持ち合わせる、摩訶不思議な女性だ。

その傍らは、あまりに居心地がいい。手放せないと感じるほどに。

しかし彼女は、本来の持ち主である『クレハ嬢』に身体を返すまで、この世界には一時的に滞在するだけのつもりらしい。

（けど、ごめん。それは、……難しいんだ。クレハ）

なぜなら。

魔術の基礎として、一度死んで体を離れてしまった魂が、もう一度同じ体に戻ることは不可能だから。

（クレハ嬢の魂が抜け出なければ、その肉体に彼女の魂が宿ることはできない……そして、肉体は新しい魂をもう受け入れて、馴染んでしまっている。理屈からして無理なんだ、元に戻すことは）

それを知っているイザークは、力になると頷きつつ、その点は口をつぐむしかなかった。

不用意に傷つけたくない。

彼女の努力を否定したくない。

「……からっぽじゃない」

今までなら、何もかも割り切って計算ずくで判断していた『人間関係』や『好意』の基準が、砂が水を吸い込むように潤い、少しずつ変化していく。

「あんたは全然、からっぽなんかじゃないから」

（だって『クレハ』、あんたは俺を変えてくれた）

彼女が本当の意味で頼れるのは、秘密を知る自分だけ。テオバルトですらない。その優越感と、隠しごとを持つ背徳感が、心中に同居している。

せめて、可能な限り誠実でありたい。そして今はただ、純粋にその力になりたい。

初めて会った時の彼女の美しさを、今でも鮮やかに思い出せる。

そして、改めて自覚する。

きっとあの瞬間にはもう、どうしようもなく心惹かれてしまっていたのだろうと。誰かを後ろに庇って戦う、その凛々しさと気高さに——

万感の思いを込め、イザークは白く繊細なその手を取った。

#7

今日も今日とて、公爵邸の薔薇迷路に囲まれた噴水に集い、呉葉はイザークから講義を受けていた。「雨に濡れたら命に関わる」と、お天気の日にしかテオバルトは散歩を許可してくれないので、見上げた空は、真っ青なスカッと快晴である。

眩しい陽光が燦々と降り注ぎ、クリーム色やピンクの可愛らしい薔薇たちが照り映えていた。

が、そんな周囲の穏やかな景色と裏腹に、本日の話題は非常に不穏だ。

――いまだ野放しの毒殺犯や、テオを狙う開戦派の刺客をどう捕まえるか。

(これを片付けない限り、クレハちゃんは安心して戻ってこられないもの。いわば最優先事項ね)

イザークを目の敵にしているという、ハイダラ第一皇子ラシッドとその支持者が、メイベル公爵家に害をなす黒幕だ、とはもちろん判明している。

そして、イザークももちろんやられっぱなしではなく。なんと、エーメに忍び込んだ開戦派末端部の潜伏場所を、すでに密偵網を駆使して把握しているのだとか。

「エーメの国内各地に俺も目と耳を持っているから。目が情報収集役、耳が連絡役のことな」

「密偵網の名前かっこいいね！　すごい、リアル海外宮廷ドラマって感じ！」

まさに騙し合いの陰謀劇。思わず拍手してしまった呉葉だ。イザークにはあからさまになんのこっちゃという顔をされた。

「じゃ、私の仕事はその潜伏場所にかち込んだらいい？　いつ行く？　いつでもいいよ？むしろ今日？」

腕まくりして「号令があったらすぐにでも殴り込みますぜ」と言わんばかりの呉葉を「いやちょっと落ち着け」と押し留めつつ、イザークは眉間を揉んだ。

「クレハは血の気が多すぎる。もし敵の本拠地に突入するとして、いくらなんでもあんたを先頭に立てるはずがないだろ」

「いやイザーク、私の実力知ってるじゃん。私が行かずにどうすんの」

もちろんイザークの強さは認めているが、そこは九年分の経験の差というものもある。曲がりなりにも武闘家の矜持というものもございまして、と膨れる呉葉に、イザークはなおも渋い顔をした。

「もちろんあんたの強さは十分にわかってる。伊達に普段からあんたに稽古をつけてもらってない。けど、ダメだ」

「なんで⁉」

「クレハがクレハだから」

「……へ？」

　あまりに斜め上から答えが降ってきたので。

　呉葉はしばし、固まってしまった。

　ややあってから、「あ、冗談かな？」と思いついたが、ミントグリーンの眼差しは至って大真面目だ。

「えーっと……イザークって、ひょっとして『女は引っ込んでろ』みたいな昭和のジェンダー観の持ち主だったりする？」

「いや？　ショウワもじぇんだーも知らない単語だが、たぶん勘違いされてる気がするから否定しとく。当然、あんたのやりたいことは尊重されるべきだが、同じくらいあんたの身命も守られるべきだ、ってだけだ。いくら力があるからって、当たり前みたいに蔑ろにされるべきじゃない」

　呉葉は首を傾げた。

「私が？　……守られる、って誰に？」

「俺に決まってる」

ちょっと不貞腐れたように。

即答された。

おまけに、「他に誰がいる」とでも言いたげに、ちょっと不貞腐れたように。

そこでふと、イザークは視線を巡らせて首の後ろを掻いた。

「あー、でも。……誤解を招いて、実力を侮られたと思わせたなら、なんというか……ごめん。とりあえず俺は、あんたにも、ちゃんと無事でいてほしいだけだから……」

「……」

呉葉は唖然としてしまった。

(え……？　なんで？　どういうこと？)

かけられた言葉が予想外すぎて。

理解が追いつくまで、しばし二の句が継げなくなる。

(イザークは、私のことを……守ろうとしてる……？)

やっと得心がいくと、今度は別の意味で心が騒ぎ始めた。

不思議だ。

じわじわ胸があったかくなって。それに、すごくくすぐったい。もちろん悪い気持ちじゃなく。どちらかというと。

(うわうわ。嬉しい)

「やだもー！　い、イザークってほんとモテるだろうね！」

火照った頬を誤魔化すように、呉葉は手を振ってカラッと笑ってみせた。九つも年下の男の子に翻弄されるなんて、我ながら修行が足りない。自戒するばかりだ。

褒めたはずなのに、イザークは微妙な反応だった。

「有象無象にモテたとこで別に……いやそれはともかく。今すぐ開戦派の連中を捕らえられないのは、別の理由もある」

それから彼は、思い返すだに忌々しいという風情で顔をしかめた。

「厄介なことに、直接の刺客は、ハイダラから渡ってきたラシッドの手下じゃなくて、現地調達の雇われエーメ人なんだよ。しかも、どうやって手配したものか、エーメ国内を長年騒がせている連続殺人鬼を使いやがった」

だから、「クレハ・メイベルが標的にされたのは偶然だ」という言い訳が成り立ってしまい、ラシッド派の差し金だという確たる証拠がない。下手を打てばこっちが第一皇子の名誉を傷つけた悪者にされてしまう恐れすらある。

（さすがリアル宮廷陰謀劇……！）

呉葉は唸った。

「ちなみに、その連続殺人鬼ってのは有名なやつなの？」

「ああ。かなりな。その名も――」

眉を曇らせてイザークが告げてきた名前に、呉葉はキョトンとした。

「……『ジョアン・ドゥーエ』？　何、その身元不明遺体の通称からテキトーにもじってつけたみたいな名前」

「身元不明遺体？」

「うん、私の故郷……というか、同じ世界ではあってもホントはうちじゃなくて、別の国の話なんだけどね。名前がわからない人のこと、総じてジョン・ドゥって呼ぶらしいのよ。女性はジェーン・ドゥだって。うちの国では『名無しの権兵衛』って言ってたかな。知らんけど」

「最後の一言……」

感心して聞いていたのに台無しじゃないかとがっくりするイザークに「ごめん」と笑いつつ、そこで呉葉は表情を引き締めた。

「で、……そのジョアン・ドゥーエとかってやつが、本物のクレハちゃんに毒を盛った犯人なのね？」

「ああ。そこは間違いない。まず、彼女は公爵邸の自室で眠っている時に毒を盛られたって話はしたよな。あの邸は警護もしっかりしているし、水の魔術が使えるテオだって守りを固めてる。……にもかかわらず、最奥部まであっさり侵入できるなんて、ジョアン・ドゥーエ以外に無理だからな」

「極め付きにこの間の蛇サソリの件もあったもんね」

なんでも、エーメではここ十年ほど、この『ジョアン・ドゥーエ』と名乗る殺人者が暗躍しているらしい。趣味と実益を兼ね、金品をもらって殺しを請け負う、正体不明の連続快楽毒殺魔だ、と。

「何よりの証拠に、ジョアン・ドゥーエは芸術家気取りで、自分の仕業だと知らしめるために、わざわざ黒い薔薇を犯行現場に残していくんだ」

その話を聞いて、呉葉は「あ」と手を打った。

例の合成獣の屍が消えたあとにも、萎れた漆黒の花があったのを思い出したのだ。あの気分の悪くなるような趣向は、前回だけに限らないものだったとは。

「クレハ嬢が狙われた時、ベッドのそばにも黒薔薇が一輪あった」

「ふーん……？　そこまでわかってるのに、そのジョアンって危険なやつをのさばらせとくのは、なんでなの？　とっとと逮捕しちゃえばいいのに」

ごく当然の疑問を抱いて顔をしかめる呉葉に、「もちろん、一つには正体がわからないからだけど、大きな理由はやつの魔法が特殊だからだよ」とイザークは首を横に振った。

「なにしろジョアン・ドゥーエもとびきり強い魔力の持ち主で……おまけに、異空間を操る術を使うそうなんだ」

「異空間？　それって、クレハちゃんの空間転移みたいな感じ？」

「ちょっと違う。そうだな、ええと……あんたがこっちに飛ばされてくる時に通ったっていう、不思議な青い空間の話があったろ。ジョアン・ドゥーエはそういう、『ここじゃない別のどこか』の亜空間を作り出して、中に潜んだり、他の人間を引き込んだりするらしい。滅多に発現する属性じゃないところは、クレハ嬢の能力と一緒だけど」

気づかないうちに食事に毒を混ぜられたり、有毒な生き物を部屋に放たれたりするので、狙われたが最後どうしようもない。ゆえに、貴族たちは、次の標的は自分かといつも戦々恐々としている。

亜空間に逃げ込まれては潜伏している場所を突き止めようがないので、憲兵たちも後手後手に回ってしまうということだ。

話を聞いて、呉葉は口をへの字に曲げた。

「気に入らないわね、そういう卑怯なの」

本物のクレハはもちろんのこと、今までも多くの犠牲者を出しており、ジョアン・ドゥーエに殺された人の数はそろそろ三桁の大台に乗ろうとしているらしい。

「逆に、ジョアン・ドゥーエの雇い主が開戦派の刺客だって、やつを捕らえて吐かせれば、芋づる式にどっちも撃破が叶う」

イザークの言葉に、「だね！」と頷いたものの。

（どう立ち向かったもんかな……）

呉葉は自分の手を見下ろしてみた。白く華奢なそれは、以前と同じリンゴを片手で握りつぶす握力に加え、さらに現在は、クレハ由来の魔法も宿している。

（クレハちゃん由来の、時空転移の魔法……ジョアン・ドゥーエのところにたどり着くヒントになる気がする。あと、芸術家気取りでわざわざ自分の犯行現場に薔薇の花なんか残してくっていうなら、きっとむちゃくちゃプライドが高そう）

なお、事件からのち、暗殺者を警戒して、テオバルトは公爵邸の館中に、人の動きをつぶさに感知できる水蒸気の網を張っているという。前に呉葉が邸を抜け出した時に気づかれたのもそれが理由だった。シスコン怖い。

もちろんジョアン・ドゥーエも察知しているからこそ、決定的な手を打たず様子見をしているのだと思われる。そして、幸いなことに、「クレハ・メイベル」を殺し損じていることに、ジョアンは気づいていない。これは、テオバルトが妹の状態について、その生死すら口をつぐむよう使用人や兵たちに厳しく命じているためだという。

つまり今、敵の狙いはテオバルトに集中している。

（戦況が不利だなあ。相手の情報が少なすぎる）

呉葉は顔をしかめた。

そしてトドメの無理難題に、テオバルトに気取られないようにカタをつけねばならない。

呉葉は途方に暮れる。「せめて、あの引き継ぎの時に、やつの外見の特徴を本物のクレハちゃんに聞くことができていたら……」なんて考えるが、よく考えれば眠っている隙に毒を盛られたのだから難しい話だ。

(そもそも、毒を使うってのがやりにくいったら。クレハちゃんがやられたのも毒入りの水だったっていうし。腕っ節なら負ける気がしないけど、そういうこっそり食べ物に混ぜ物をされたり、ましてや毒ガス系なんてのは守備範囲外だわ。この間の蛇サソリ合成獣だって、数で来られたらたまったもんじゃない)

加えて、毒ヘビやら毒虫やらの対処が呉葉は大の苦手だ。某ゴのつく家庭内害虫でさえ、弟に助けを求めていたくらいなのに。

(けどなんなのよ、亜空間に潜む毒使いって！　しかも正体を見せずにターゲットをいたぶるだけいたぶって逃げ込むとか、悪趣味すぎる。絶対許せない)

便所の個室どころか便器の中まで追いかけてでも、地獄を見せてやらねばなるまい。ものども武器を持て。にっくきジョアンめを血祭りに上げよ。

「クレハ、顔、顔」

考えごとをするうちにいつの間にか鬼の形相になっていたらしく、イザークにやや引かれてしまい、呉葉は「ごめーん、表情筋の運動してた！」と明るく謝った。

(ん？　顔……？)

呉葉は、ふと己の顔を触ってみる。

（そうだ。今の私は、『ジョアンに殺されたはずの』クレハちゃんなんだ。ってことは、有効な手は、やつを見つけて追い詰めるんじゃやなくて……？）

そこで。

（……あ）

ふとピンとくるものがあり、呉葉はイザークを見た。

「ねえイザーク。私、ちょっと考えたことがあるんだけど」

#8

高くまで澄み切った、真っ青な空。時折、横切る小鳥の影。

緑の草原を吹き抜ける爽やかな風を、豊かな小麦色の髪に受けつつ、呉葉は深呼吸する。

ひんやりした朝の空気が、肺に染み渡るようだ。なんて心地いい。

（ピクニックなんて十五年ぶりくらい？　いや十五年どころじゃないかも。家族四人で出かけたの自体、お母さんが亡くなる前だから……）

ボンネットというらしい、フリルの縁飾りと大きな赤いリボンのついたツバなしの帽子を取り、桜の花のようなパウダーピンクのドレスを風に翻しながら。

草原に波状の紋を広げる風の軌跡を眺めつつ、呉葉はぼんやりと回想する。

なだらかな丘になった草原には小川も流れ、葦の茂みに隠れるように、白鳥の親子が仲睦まじそうにスイスイと水面を滑っていた。ふんわりした灰色の産毛の雛に、『みにくいアヒルの子』の童話を思い出し、「ヒナって本当にあんな姿なんだなあ……」とどうでもいいことを思う。

ところどころ、こんもりと深緑の枝を広げる木が点在し、居心地のよさそうな日陰を作り出している。ラベンダーに似た紫色の花や、ネモフィラみたいな青い花、ハルシオンらしき白い花が、漠として青みがかった光景に、小さな彩りを添えていた。

「とても素敵で、気持ちがいい場所ですね……」

瀟洒なレースアップの革ブーツで覆われた小さな足で草を踏みながら、思わず声に出して呟く呉葉に、隣を歩いていたテオバルトが「うむ」と大きく頷く。

「本当に、今日は最高の日だ。この兄は夢にも思わなかったぞ。まさか、一歩外に踏み出すだけで発熱するほど病弱だったお前と、こんなにも清々しい心地で遠出ができる日が来ようどヴァ……」

語尾が不自然に濁っているので、嫌な予感がして隣を振り仰ぐと、テオバルトは本日何度目かの男泣きをしていた。モノクルを押し上げて腕を目に当てては肩を震わせている。アイスブルーの虹彩の回りを赤く充血させ、グシュ、と鼻を啜る音を立てる『兄』に、呉葉は視線を泳がせる。

彼は邸を出る前から、ずっとこんな感じだ。着替え終わった妹に「まさかお前が旅行用のドレスを着ようとは」と泣き、革靴を選べば「歩きやすい靴にしたいなんて言葉をお前の口から聞こうとは」、ドアをくぐれば「クレハが立ったー!」。最後の一つだけ、イザークに車椅子を崖から落としてもらうべきだったかなとちょっと思った。

都度、顔からなんらかの液体が漏れるので、「お兄さま、そろそろお茶を」とこまめに水分補給を勧めるのが、呉葉の本日の密かなミッションとなっている。

「思い切って来てよかっただろ兄弟。出かける前までは『心配だー心配だー』って何かの呪文みたいに唱えてたけど、お前の心配、きっと取り越し苦労に終わるぜ」

呉葉の差し出した水筒をちびちび傾けるテオバルトの肩を叩くのは、同行しているイザークだ。彼もテオバルトも、麻のシャツなど簡素な衣類と革靴という、動きやすい格好をしている。

「ああ。このまま、何ごとも起こらずにすめばいいが……」

「おいおい不吉なこと言うのはよそうぜ。こうも開けた場所だったら、あのジョアン・ドゥーエのやつもそうそう手を出せないよ。護衛は山ほど連れてきたんだから」

少しだけ不安そうに眉目秀麗な顔を曇らせるテオバルトに、わざと明るくイザークが声をかけている。事実、なだらかな斜面となった草原をゆっくりと歩く彼らの周囲には、ゾロゾロと大勢の護衛兵たちが付き従っていた。

——ここは、首都ツォンベルンからそこそこ離れた、とある行楽地だ。といっても、メイベル公爵家の荘園内には位置している。

ピクニックというより一泊二日の小旅行の間中、広大な美しい湖沼地帯が、すべて貸し切りだという。テオバルトがどれだけ妹のために張り切ったかが察せられる。

（騙してるみたいで心苦しいなあ……）

イザークと二人してひと芝居打ったのは先日のことだ。まずは「ジョアン・ドゥーエの襲撃を避けるため、クレハ嬢をメイベル公爵領内にある避暑地に避難させてはどうか」とイザークが提案し、「一人では寂しいので、少しだけでもテオお兄さまとご一緒できませんか？　イザークお兄さまもぜひ」と呉葉がおねだりする。嘘が苦手な呉葉の大根芝居でも、目に分厚い妹美化フィルターがかかったテオバルトはいちころだった。

すべての仕事を大急ぎで片付け、休みをもぎ取り、ついでにイザークにも休暇を強要した。準備期間中から大変上機嫌で、ちょっと申し訳なくなった呉葉だ。

（けど、ここが決戦の場というか、勝負どころなんだわ）

口が裂けてもテオバルトに言うことはできないが。

実は、この楽しいピクニックこそ、——毒殺魔ジョアン・ドゥーエを誘い出すための、呉葉とイザークの秘策だった。


少々時を遡り。

先日の作戦会議にて決定し、真っ先に呉葉とイザークが実行したのは、まず「街に噂を流す」ことだった。

宮廷内はもちろん市井の商会にも顔が広いというイザークが、おしゃべりな知り合いを通じ、「ジョアン・ドゥーエは仕事に失敗したくせに黒薔薇を置いていった、恥知らずな大間抜けだ。依頼したやつは金の払い損で馬鹿を見て、標的のご令嬢はピンピンしている」という悪口を吹聴して回ったのである。

(顔のわからない暗殺者を探し回るより、私自身を餌にして、あっちをおびき寄せるほうが絶対に早い)

予想外だったのは、この囮作戦に、当初イザークが反対したことだ。「いくらなんでもクレハが危険すぎる」と難色を示す彼を宥めすかして説得するのは、割と時間がかかった。イザークですらこうなので、テオバルトにバレたらどうなるかなんて考えたくもない。卒倒させかねないので、万が一にも兄の耳には入れないように苦心したものだ。

ジョアン・ドゥーエは、芸術家気取りでプライドが高い。ゆえにこれは、殺人に対して美意識を持つと思しきジョアンの鼻っ柱をへし折って、行動が過激になるよう煽る目的もあった。

(今日のピクニックのことも、イザークの目と耳の力を借りて、色々なところで『メイベル公爵令嬢が初の遠出をする』って話をばらまいてもらってるし。引っかかってくれたらいいんだけどなあ)

用心深いテオバルトは、例の水蒸気による魔術のセンサーを本日も馬車周りに張っているらしく、それを警戒してか、今のところ動きはない。

（ここまでお膳立てして仕掛けてこないわけがないんだから、来るなら早く来てよ）

内心で、呉葉はジリジリしていた。

穏やかで優しく温かな時間のすぐそばにピッタリと寄り添う、得体の知れない死神の気配。

現代日本では馴染みのないそれ。

（ああ。……ここは異世界なんだ）

陰謀で人が死ぬ。水面下で刃を突きつけ合い、生々しく命のやり取りをする場所。

もちろん今までもわかっていたけれど、改めて思い知る心地がして。呉葉はいっそう気を引き締めた。


ここらで昼食にしよう、というイザークの提案で、付き従っていた使用人たちがいそいそと平地に広い布を敷き始める。ビニールという素材が存在しないようで、絨毯のような分厚い織物のレジャーシートに、籐の編み椅子やテーブル、果てはクッションまで置かれ、病がちな『クレハ』の席にはブランケットも完備されるゴージャスさだ。

（異世界貴族様のピクニック、すごいわ……）

　さらに、テオバルトやイザークと共にテーブルを囲んだ途端に、まるで邸内にいる時と同じクオリティで次から次へと紅茶や軽食が饗されるもので、呉葉は「ヒエッ」と恐れおののいた。

　バスケットにぎっしり入った、特注であろうメイベル家の紋章入り白磁のティーセットやカトラリー。鳥籠を模した三段重ねのケーキスタンドには、マッシュポテトとローストビーフのサンドイッチやら、フルーツいっぱいのケーキやら、キノコやチキンたっぷりの香ばしいキッシュやら、内臓のパテやらと盛りだくさんだ。

「たくさん食べるがいい、無理のない程度にな！　お前の好きだったチーズもあれこれ準備させておいたぞ」

　満面の笑みでテオバルトに勧められ、呉葉はどれにしようかな、とテーブルの上を見回す。

　転生後、食欲旺盛の次元を超えた食欲魔人と化している身だが、馬車の中でこそこそとあれこれつまんでいた甲斐あって、腹の獣は大人しくしてくれている。ならばこそ、料理人さんが腕によりをかけた逸品の数々、ゆっくり一つずつ味わって食べたい。

（全部美味しそうだけど、そう言われたからにはチーズから手をつけるべきよね……）

　珍しい色とりどりのチーズには謎のカラーリングのかびが生えているものもあって、怖くなった呉葉は、つい日和って見慣れた形状のカマンベールチーズを一切れつまみ上げる。

「あ、クレハ……嬢、それはっ……！」

とっさにイザークの制止がかかったが、間に合わず。そのままなんの気なしに口に放り込み、――呉葉は思わず咽せかけた。

（!?……口の中におっさんの靴下がある!?）

自分の身に何が起こっているのか、不覚にもわからなかった。

まごう方なく靴下である。それも、おっさんが数日風呂にも入らず使い倒したのを、洗濯カゴの底にずっと埋もれさせていたというレベルの靴下である。いやおっさんの靴下を食べたことはないけれど。壮絶に臭い。いや、臭いなんていうモノじゃない。

「結構癖が……強いから……ちょっとやめたほうが……って遅かったか……」

イザークが眉間を押さえている隣で、「大丈夫かクレハ！」とテオバルトが慌ててお茶を勧めてくれる。どうにか嚥下したので吐き出す醜態は曝さずにすんだ。

涙目で咳き込みつつ、「ごめんなさい大丈夫です……」と半泣きの呉葉に、思わずといった風情でイザークが噴き出す。最初はうろたえていたテオバルトも、つられて呉葉も笑い始めたのを見て、とうとう肩を揺らしだした。

（わ、楽しい）

打ち解けた空気が広がり、そのまま談笑が進む。

食べやすい種類のチーズをイザークに教えてもらったり、鳥や草花の名前をテオバルトに訊いたりしながら、穏やかな時間はあっという間に過ぎていった。


「失礼します、ええと、……ちょっとお花を摘みに？」

しばらくゆっくりとおしゃべりを楽しんだのち、呉葉は言い置いてそっと席を立った。

その昔、貴婦人が用を足しに席を外す時の隠語だとどこぞで覚えたが、この挨拶をよもや自分が使う日が来ようとは思わなかった。

テオバルトは「そうか、気をつけるのだぞ」と疑いもせず送り出してくれる。一方でイザークには、他に気づかれないようこっそりと頷かれた。

（よし）

そうして何げない風を装ってイザークやテオバルトから離れ、呉葉は軽い足取りで小川へと向かった。高い葦の葉陰に行けば、人目につきにくい。

（ここなら……）

野外での和やかなお茶会は、途中までは何も問題なく進んでいた。

だが、つい先ほどから、うなじのあたりがチリチリして仕方がなかったのだ。

何者かが、こちらの様子を窺っている。それも、かなりの殺意と敵意を持って。――

そこまでを確信の上で、呉葉はあえて単独行動を取る。

――あんたの武術の腕は知ってる。けど、それでも危険になる前に絶対呼べよ。くれぐれも無茶すんなよ。

何度もそう言い含めながら、しぶしぶこの囮作戦を了承した彼は、きっと今頃ヤキモキしながら呉葉の合図を待っているだろう。

並の男よりよほど強い、こんな自分を守りたいと思ってくれるのも嬉しいけれど。実力を信じて頼られるのは、やはり格別に気分が高揚する。

（ほら、一人になってあげたわよ。早く姿を現したらどうなの）

せせらぎを泳ぐマスの魚影を眺めていると、うなじを焼く感覚がいよいよ強まってきた。

――近い。

（もう、すぐそこにいる……）

思わず呉葉が息を詰めた瞬間。

背後に迫る〝何か〟の気配に、呉葉はバッと振り向いた。

先ほどまでなら、そこには青々とした緑色の葦が茂っていたはずだ。

けれど今は、目の前にぽっかりと黒い穴がある。ちょうど、等身大くらいの大きさの――ぎくりとした呉葉の腕を、闇色の穴の中から出てきた手が摑む。痩せこけて骨張った指だが、力は強い。

「！」

覚悟していたものの、予想以上にホラーな展開に、驚くものは驚く。かろうじて悲鳴は噛み殺した。テオバルトや護衛たちに気づかれてはいけない。

そのまま、真っ暗なジョアン・ドゥーエの亜空間に、呉葉は声もなく引き摺り込まれていった。

初めましての亜空間。

――増水した川の濁流に放り込まれた時よりマシだな、が最初の感想である。

(ちょっと脳みそが撹拌されたけど、私の三半規管の敵ではないわ!)

乱暴に投げ出され、ひとまずは〝病弱な令嬢〟らしくその場にベシャリと転がってみた呉葉である。

弱々しい様子を装って身を起こしてみると、周囲には、薄暗く、ほの赤い空間が広がっていた。

どうも、いわゆる亜空間というより出入りの限定された部屋のようなモノなのか、容積には限りがあるらしい。ドーム形をしたそこは、学校の体育館くらいの広さだろうか。いちおう床面に当たるものはあるが、全体的にどろりと黒い。足を上げてみると、タールのような異臭がするとともに少し粘ついた感触もあって、気味が悪かった。

（これが、ジョアン・ドゥーエの亜空間）

本物のクレハと出会ったあの不思議な青い空間は、どこまでも広漠として、もっと静謐で、穏やかな澄んだ空気が流れていたものだが。

今置かれているここは、「可能な限り早く退出したいです」と言いたくなるような、不吉で不穏な感じがする。実際、とっとと片付けてしまいたいものだ。

「ようこそ、美しいお嬢ちゃん」

不意に——背後でしゃがれた声がしたので振り返ってみると、少し離れた場所に、男が一人立っていた。

小柄で猫背の体軀に灰色のローブのようなものを身に纏っており、年齢はわからない。というより、顔つきや歳格好よりも、そのなんともいえない負のオーラのある異様さが先に印象に残るのだ。何せ眼球はギョロリと不自然に飛び出し、顔の半分は火傷でもしたように大きく肉が変色し、髪の毛も額からごっそりと抜け落ちているのだから。

「……」

痛ましい外見のその人物が、ジョアン・ドゥーエその人だとはすぐにわかった。が、どう反応すべきか迷い、呉葉は黙る。

それを怯えと受け取ったのか、男はケタケタと肩を揺すって笑った。隙間の空いた黄色い歯が剝き出しになる。

「どうじゃな。醜いだろう、わしの姿は。お可愛らしいお嬢ちゃんは、こんなおぞましい小男を見るのは初めてかね」

自虐的な言葉とともに、ジョアンはなおも笑う。歯の間から漏れた臭い息がスカスカと音を立てる。呉葉の沈黙を肯定と受け取ったらしく、彼は続けた。

「いや、実に心地好い。お前さんのような、高貴な血筋にも、肉親の愛情にも恵まれた美しい者が、わしのように醜くなって朽ち果てる様をこの目で見るのが何よりの楽しみでな。あんなにもがき苦しんで確かに息も絶えたと思ったというに、まさか生きていようとは。ご親切に二度目の楽しみを与えてくれて、感謝ばかりじゃなあ、ヒヒ」

饒舌に語る男に、呉葉は気分が悪くなる。

（あんなに苦しんで息絶えたって……それって、クレハちゃんのこと……？）

腹が立って仕方がない。

どうにも、目の前にいるのは「理解してはいけない別の生き物」だと割り切る。不快な一人語りをしてくれたおかげで、早々に覚悟を決められた。

「あなたの見た目なんて、別にどうでもいいけど」

自分でもひどく冷たく感じられる声で、呉葉は返した。

「いろんな人を、自分の都合で苦しめて命を奪ったことは、とんでもなく醜いし、めちゃくちゃおぞましいと思うわ」

「おやまあ。立派だこと。気丈なのは嫌いじゃないさね」

片目を見開き、キヒヒ、と相変わらず不気味な笑いを垂れ流しつつ。

ジョアン・ドゥーエは己の周囲を指差してみせた。

「これを見ても、同じ強気でいられるかの」

言葉につられて見回すと、夥しい数の〝何か〟がいる。

（うっげ！）

思わず呉葉は飛び退きかけた。

いつの間にか、毒虫や有毒獣などに、ぐるりと取り囲まれていたのだ。

毒蛾や毒鳥、毒ヘビとサソリまでは言えるが、ちょっと残りは詳述したくない。よくよく目を凝らせば、奥には大きめの犬猫らしき形状のものもいるので、そちらを見て気を失うのだけは堪えることにする。

「可愛いじゃろう。わしの自慢の子どもたちじゃよ。皆それぞれに、毒がある。さては、神経毒がお好きかな、それとも幻覚を見たいかの。視線の先を追うに、お嬢ちゃんのお好みは、そこな毒の合成獣たちかな……？」

ジョアンがうっそりと笑い、鉤針のように曲がった指をこちらに向けてくる。見慣れない形状をした大きめの犬や猫は、あの蛇サソリのように、他の有毒生物と組み合わせて造られた新たな生き物らしい。

「ヒヒヒ……そうれお主ら、新鮮な肉じゃぞ」

その言葉を合図に、毒の獣たちは一斉に距離を詰め、こちらに飛びかかってきた。呉葉は息を呑む。そして、身構えた。

——今だ。


(イザーク、来て!)


今の呉葉が使える、唯一の魔法。

強くその姿を念じて、この場に彼を呼び寄せる。

空間の一部を捩じ切るように、黒髪にミントグリーンの瞳を持つ、見慣れた青年の姿が現れる。瞬く間にすぐ傍らに姿を現したイザークは、呉葉を庇うように引き寄せると、前方に手をかざした。

「炎よ!」

彼の呼びかけに応えるように、二人を中心にしてオレンジ色の炎の壁が立ち上がる。

轟々と燃え盛るそれは一瞬で範囲を広げ、呉葉目がけて襲いかかってきたはずの虫や獣たちを根こそぎ焼き払った。

「助かったぁ! ありがとイザーク」

「どういたしまして。けど、早く呼ばないから、気でも失ってるかと思っただろ」

不機嫌そうに呆れ声を出すイザークを、「ごめんごめん」と呉葉は片手で拝む。

（けど、作戦どおり！　よかったぁ、成功して）

彼の手に握られている『クレハ・メイベル愛用』の白いレースのハンカチを見やり、呉葉はほっと息を吐いた。ちなみにハンカチなのはイザークの希望だ。「汗も拭けるしちょうどいいよね」と呉葉も異議なく渡した。

――ジョアン・ドゥーエを亜空間に取り逃すくらいなら、むしろ、こちらがジョアンの懐に入ってしまえばいい。

イザークと二人で出した結論はそれだ。

ジョアンの高いプライドを傷つけ、クレハを仕留め損ねたと恥をかかせて、自分の掌握する空間に引き摺り込み惨殺するようけしかける。

相手が罠にハマったら、すかさず〝自分の持ち物を渡した〟イザークを隣に呼び寄せ、ジョアンを追い詰める。

そうしてお得意の逃げ場さえ封じてしまえば、あとはこちらのものだ。

「ほんと助かったわ。私、虫とか蛇とか苦手だから。すごいね、イザークの炎の魔術！」

炎の壁を見回しつつ、呉葉は感嘆の声を漏らした。

それにしてもこんな大規模な炎、海外の森林火災ニュースくらいでしか見たことがない。すべてを呑み込み灰塵にしてしまう業火は、ただただ圧巻の一言だ。

炎を操るったって、正直せいぜい正月明けのとんど焼きレベルかと思っていた。前に、市街でごろつきと戦った時に受けた火球なんて、これと比べればまるで線光花火だ。

瞳を輝かせて「すごい」を連発していると、イザークは何故か顔を背けてしまう。

「……無事だったから、いいけど。とりあえず俺の後ろに。一気に片付ける」

言うが早いかイザークの炎は瞬く間に延焼し、どんどんジョアンを亜空間の隅へと追い込んでいく。

もともと、体育館ほどのスペースだ。毒々しい外見の生き物たちは、次から次へと叫びながら片端から燃え上がり、消し炭と化していく。

(う、わ……すごい……)

逃げまどう有毒の獣たちに、イザークはいっさい手心を加えなかった。もちろん加減などすればこちらがやられるから、仕方のない話ではある。

が、炎の勢いを絶やさず、ゴミでも処理するように淡々と作業を遂行するイザークの横顔を、呉葉は思わず見つめてしまう。

(あれ？　イザークちょっと怖い……？　き、気のせいよね……)

そうこうするうち、毒の獣たちはすっかり燃やし尽くされてしまった。

「ジョアン・ドゥーエ。大人しくすれば危害は加えない。無駄なあがきはやめて……」

炭化した肉塊や骨片に慄きつつ、とっさに呉葉は引導を渡そうとする。しかし、その横をすり抜け、ジョアンに向けてすらりと月刀を抜くイザークに、呉葉は目を丸くした。

「ちょ、ちょっとイザーク⁉　何する気なの？」

「何って……手足を落としておくだけ」

ごく自然に答えられ、「手足を落とす⁉　なんで⁉」と呉葉は唖然とする。

「俺たちは拘束具を持っていない。それに、ここで完全に再起不能にしておかないと、また同じことの繰り返しになる恐れがあるだろ。胴体と頭部がくっついていれば尋問にも支障はないはずだ」

（いやそれはそうだけど、理屈は合ってるけど。倫理観……！）

ためらいゼロの様子に、なんだか彼の知られざる一面を見てしまったような。

一方、己の処遇についてそんな物騒なやり取りがすぐそばで行われているにもかかわらず、武器を失って後がないはずなのに、ジョアンは楽しげに肩を揺らした。

「坊ちゃんはハイダラの第二皇子か。なんと幸運じゃ！　報酬が倍になるわい」

「幸運って……あなた、自分の状況わかってる……？」

思わず顔をしかめる呉葉に、ジョアンはにいっと三日月形に唇を歪めた。

「そりゃあ、わかっておるともさ。お嬢ちゃんお坊ちゃんは、わしの姿が、なぜにこうも崩れていると思うかね……？」

おもむろに懐から取り出した刃物で、ジョアンは自らの腕を裂く。そしてその傷口の上に、何か粘ついた膏薬を塗りつけた。見るからに毒々しい赤紫だ。

（……？）

何をするつもりだろう、と。

思わず呉葉とイザークが身構えた瞬間。

ジョアンが濁った呻き声をあげて、その場に膝をつく。

「ウグ、ググ……」

丸められた背がめりめりと盛り上がり、薄汚れたローブを内側から破いた。

（え⁉　な、なに）

みるみるうちに枯れ木のようだった腕が盛り上がって、脚が膨れ。爪が鋭く伸びていき、音を立てて裂けた口には、下顎を突き破るほどの牙が生える。肌は割れて円形の鱗が生え、先ほどの薬と同じ色に染まっていく。

「催奇性の毒か……！　気をつけろクレハ、あいつ自分を毒の合成獣に変えるつもりなんだ」

イザークの警告と、ほぼ同時に。

あっという間に、ジョアン・ドゥーエ『だったもの』は、見たこともない巨大な化け物に変貌していた。

二足で立ち上がっているところは、ヒグマどころか、ティラノサウルスくらいの背丈はある。

極端に目の小さい蛇のような頭部。一見はおちょぼ口にも見えるが、開けば花のごとく四方に割れ、赤い口内にびっしりとナイフのような牙が並ぶ。三本の鉤爪のついた太い前肢。赤紫の鱗に全身を鎧われ、腹だけがぷっくりと樽状に膨れて白い。

その姿は、あたかも——


「つ、ツチノコ……！」


従来ツチノコにないはずの四肢がついていることと、三白眼の目玉がギョロギョロ忙しなく動いて視点が定まらないあたりが、絶妙に気持ち悪い。ツチノコのつもりだとしたら確実に闇落ちしている。略して闇ノコ。

（ツチノコ！　生ツチノコだ！）

しかし、目の前にいるのがツチノコ形状というだけで、そんな場合ではないのに、自動的にテンションが上がってしまうのは致し方ない。日本人の性と言い張ってみる。

「え、すごい！　しかもタダノコじゃなくて闇ノコで巨大ノコとか目撃例絶対ないよね!?　ねえイザーク、これ捕まえて自治体に申し出たら懸賞金出るんじゃない!?」

驚きも忘れて「なんだそら」という怪訝顔を向けてくるイザークに、「いや故郷にこういう感じの見た目のUMAがいて！　然るべきところに持ち込んだらお金もらえるってネットで見たの」と呉葉は言い訳した。

「ゆ、ゆーま……ねっと？」

聞き慣れない単語に相手がますます困惑するのが見て取れたので、「ごめんUMAってのは謎の未確認生物のことで、和製英語らしいんだけどなんの略語だったかは忘れちゃって」「ワセイエイゴ……？」「ああもうすみませんね！」と応酬しながらドツボにハマる。異文化交流の難しさよ。

そうこうするうちに、巨大闇ノコ様改めジョアン・ドゥーエの合成獣は、ずしんずしんと地鳴りを響かせて大股に歩み寄ると、巨大な肢を容赦なく振り下ろしてくる。

「こっちに！」

イザークが呉葉の手を掴んで飛び退る。

少し前まで自分たちがいた場所に、踏み潰すように鉤爪がめり込んでいた。

(……これは一撃でも喰らえばプレス待ったなしね)

おまけに、相手の武器は物理攻撃だけではないらしい。

バクリと花が咲くように口が開き、紫色の息が吐き出される。

（絶対毒だこれ！）

範囲が広すぎて避けられない、と息を詰めた呉葉の前にイザークが立ち、手を前にかざす。自分たちを守るように、オレンジ色の炎のシールドが構築され、間一髪で毒息を焼き払ってくれた。

「イザークありがと！」

「どういたしまして、……で、どうするよこれは」

とにかく相手がでかい。再び物理攻撃が繰り出される前に、イザークが炎を矢のような形にして放つ。しかし、硬い鱗に阻まれて、首の一振りで弾かれてしまう。

ぶん、と息つく間もなく太い腕が薙いでくるのを、二人同時に別々の方向に跳んで回避する。とっさにイザークが、月刀を振りかぶって腕に切りつけるが、鈍い音とともに欠けたのは刃の方だった。

「くそっ、炎も刃物も効かない……！」

さすがに焦りの勝った声で呟くイザークに並び、呉葉は思案を巡らせる。

（毒の息なら彼の炎が効くけど、直接攻撃はダメ。私の武術も、相手が硬すぎて防がれると考えていい。ってことは、残る手は……）

そこで思い出すのは、イザークにつけてもらった魔法の稽古での出来事だ。

術のコントロールに失敗した呉葉は、ブローチをつけた彼の上着の袖口だけ、すっぱり切り取って移動させてしまった。

(一か八か、あれをやれば——?)

いや、賭けではない。やるのだ。すぐさま覚悟を決める。女は度胸!

「あのねイザーク。お願いがあるんだけど」

油断なくジョアンと対峙しながら、呉葉は彼に囁いた。

「私があいつの懐に突っ込む。その間、ちょっとでいいから、毒の吐息だけ焼いて止められる?」

「……はあ⁉」

この提案に、やはりというかイザークは目を剝いた。

「バカ言ってんな、自殺行為だぞ! あんたがいくら腕っぷしが強いって言っても、あいつの鱗には効くわけが……!」

慌てて止めてくるイザークをよそに、パウダーピンクのドレスの長いスカート部を破き取り、動きやすくする。白いふくらはぎが剝き出しになり、シルクのドロワーズの裾の絞りまで丸出しになったが気にしない。

貴婦人にあるまじき暴挙に「おい⁉」と彼にはさらにうろたえられたが、申し訳ないけれども無視しておいた。

「私に考えがあるの、じゃあお願いね！」

短く言い置いて駆け出すと、途端に怪物の目はこちらに向く。すかさず吐かれる毒の息に、イザークは舌打ちして手をかざしてくれた。紫色の煙は、呉葉に届く前に火の粉となって舞い散っていく。

たん、たん、たん、と軽い足取りで真っ直ぐに怪物目がけて距離を詰め、呉葉はその背後に回り込む。

次いで口に手を当て、自らの親指を噛み切る。ぷつりとした痛みとともに、少なからぬ量の血が溢れるのを確認し、地を蹴って怪物の背を一気に駆け上がると、――その肩から脇腹にかけて、自らの血で一筆書きに線を引き下ろした。

（私の使える魔法は、自分の持ち物を瞬間移動させること。それは体の一部でも同じはずってことは！）

同じ魔法でも、イザーク以外を移動させるのは初めてなので、初心に返って気合を一発。

「滅私！　奉！　公!!」

声とともに飛び退き、呉葉は魔法を発動させ――

自らの血を塗りつけた怪物の鱗を、根こそぎ己の手元に呼び寄せた。

肩から脇にかけて、バリバリと音を立てて赤紫の鱗が弾け飛び、瞬時に呉葉の足元に積み上がる。

天を仰ぎ、どす黒い血を流しながら汚らしい絶叫をあげるジョアン・ドゥーエを睨み据え、呉葉は「次いくよ!」とイザークに声をかけた。

「了解。毒のひと吹きもお前に届かせないから、後ろは気にすんな! ……にしても、すっげえな」

最後に感嘆の声を彼が漏らしたのに少し気分を良くしつつ、呉葉は彼の炎の援護を受けながら、ジョアン・ドゥーエに突っ込んで血を塗り、鱗を剝がし、肉をも断つ作業に専念する。

やがて。

「ギイイ……!」

後肢を一つもぎ取ることに成功し、その体勢が崩される。

すかさず呉葉は怪物の正面に駆け寄ると、豹のごときしなやかさで高く跳ね、見た目ばかりは華奢な脚を振り上げて顎を狙った。

「クレハ・メイベルの仇! 因果応報・勧善懲悪キック!」

まさに乾坤一擲。

体を回転させながら遠心力を乗せて蹴りつけた喉笛は、鱗という強固な鎧を失った今、べこりと凹む。

ぼろぼろと細かな牙を口からこぼれ落としながら、ゆっくりと巨体を傾がせ——

どしん、と音を立て。

やがて、ジョアン・ドゥーエの怪物は動かなくなった。

その体からサラサラと赤紫の砂のようなものが剝がれていき、いつの間にか同じ位置には、ぼろ切れと化したローブを体に巻きつけたみすぼらしい男が一人、転がっているばかりになる。

——勝ったのだ。

「やったー!」

赤黒いものを吐きながらのたうち呻くジョアンを前に、呉葉はイザークと目を合わせ、ニッと微笑み合う。次いでどちらともなく、互いの拳をぶつけ合って健闘を称えた。

「クレハ・メイベルの仇って……クレハは……お主じゃろ……」

そんな二人を前に、ジョアンは最後にそれだけ言い残すと、ぐるんと白目を剝いて気を失った。

ジョアン・ドゥーエの亜空間は、主人が気を失うと、途端に崩れ始めた。

まるで、窓ガラスの汚れを洗い流すように、ドロドロと周囲の赤い空間が溶ける。やがてその向こうから、青空と草原が姿を現した。

元いた場所に戻ったのだ。

そして、目の前には、大勢の護衛たちや使用人を引き連れたテオバルトが唖然とした表情で立ちすくんでいた。

「クレハ……イザーク……！　お前たち一体どこに……!?」

突然二人が姿を消したので、血相を変えて捜し回ってくれていたらしい。

憔悴しきった表情にわずかに安堵を滲ませて、「見つかってよかった……」と呟いたテオバルトだが、ふと呉葉に目を留めて凍りついた。

「く……クレハ……」

「え、は、はいテオお兄さま？」

「そ、その……格好は……」

「？」

ワナワナと震える指を向けられるまま、自らの服装を見下ろしてみる。

派手に破かれて下着が丸出しのドレス。血塗れの手指や腕。毒の吐息やイザークの炎の熱を受けて毛先の縮れた髪。

(あ、やば)

「クレハがぁ……」

まずい——と思った時には遅かった。

脳がキャパオーバーを起こしたらしいテオバルトは泡を吹き、バタンと失神してしまう。

「ちょっとお兄さましっかりー!?」

「おい、誰か手を貸してくれ！　テオを休めるところに」

イザークと二人で慌てて助け起こしながら、青い顔で駆けつけてくれる護衛や使用人たちに彼を託す。「お嬢様、お腕が、そしてお召し物が!?」と、呉葉の惨状に古参のメイドたちは色を失った。

「意外に大丈夫なのでご安心くださいな、見た目ほど大した傷では。イザークお兄さまが守ってくださったので……」

苦笑しつつ、どうにか彼らを落ち着けようとした呉葉だが。

(あれ？)

おかしい。ぐわんぐわん、とさっきから耳鳴りがする。

いきなり脳が引き絞られるような激痛が襲ってきて、目の前が暗くなった。

思い至るのは、先ほどの死闘で景気よく傷をつけまくった己の体のことだ。

（そっか、以前の私なら大したことじゃないけど……今は、『クレハちゃん』の身体だから、……魔法まで使ったたし、……この失血量と運動量は……割と……やば……）

要は魔力の使いすぎ、空腹の限界症状だ。とりあえず、急いで何かお腹に入れなきゃ。なんでもいいから早く。

冷静に分析する心とは裏腹に、視界が白く塗りつぶされる。

「――クレハ⁉　しっかりしろ！」

すぐそばでイザークの叫ぶ声がする。

（ごめん、ちょっと、やりすぎたかも）

そんなに心配しなくても平気なの。ほんの少しだけ何か食べたら、きっと元気になるから。けど、なんでもいいとは言ったものの、さすがに。

「靴下チーズ……は……勘弁……」

それが辛うじて絞り出した最後の台詞になった。「なんのことだ⁉」という当然の突っ込みも、もはや耳を素通りする。

細い吐息が漏れるばかりの喉を煩わしく感じつつ、呉葉は意識を手放した。

#9

手放した意識の向こうで、呉葉は夢を見た。

それはなんとも不思議な夢だった。

夢の中で、呉葉は真っ青な空間にいた。見覚えがある場所だ。

(ここは……)

公爵令嬢クレハ・メイベルと、最初で最後の邂逅をしたあの異空間。

(ってことは)

ふと思いついて自らの腕を見下ろす。

男のようにごつごつして骨張った大きな手が目に入った。最近見慣れてチリメンジャコには見えなくなってきた、あの病弱な公爵令嬢の美しい指ではない。久しぶりに見る、呉葉自身のものだ。

(私……?)

では、どこかにクレハがいるのではないか、とあたりを見回してみる。

求めた少女の姿は見当たらない。

代わりに、すぐそばに、大きな池がある。池というより、漣ひとつ立たない水面は、まるで地に敷かれた鏡のようだ。

「なんだろ、これ」

こんなもの、前来た時はなかったのに。

首を傾げつつ、呉葉は足元の水鏡を覗き込んでみる。

案の定というか、ごく久しぶりに感じる、化粧っ気の薄い地味顔な自分の顔が映し出された——と思った途端に。その顔の中心から、ちゃぷんと音を立てて波紋が広がり。

「！」

まるで液晶のように、何かの画像が映し出された。

まず現れたのは。

「優希……！」

驚いて名前を呼び、その場に膝をつく。

そこにあるのは、誰よりも大切な弟の姿だ。切り取られた画面は、まるで、テレビドラマのワンシーンのようである。

呆然と水鏡を見つめていると、画面の中の優希は深くため息をついた。

その顔には、くっきりと疲労と、何より深い悲しみがある。見ているこちらの方が、胸を締めつけられるような。

「優希、優希！　どうしたの⁉」

何があったの。誰にそんな顔させられているの。

びっくりして呼びかけたが、相手がこちらに気づく様子はない。

「姉ちゃんだよ。私ここだよ、聞こえる⁉」

何度も呼びかけ、水鏡に手を突っ込んでもみたが、水面は指先に当たりそうになると雲や霧のように散ってしまい、触れることすらできない。

焦る呉葉の前で、弟はうなだれ、力なく首を振る。そのそばには、呉葉にとっては義妹になる予定の婚約者の姿もあった。彼女の顔もまた、弟と同じくらいの悲しみに塗れ、疲れ果てている。泣き腫らした目は赤く充血し、ふっくらと柔らかそうだった愛らしい頬は、可哀想なほどすっかりこけてしまっていた。

『姉ちゃん……どうして……』

『呉葉お姉さん……』

呼びかける声とともに涙が溢れ、彼らは顔を押さえてお互い抱き合い、それぞれに嗚咽をあげ始めた。

そこで気づいた。二人とも、黒い喪服姿だ。呉葉がはっとした瞬間、カメラのアングルが切り替わり、彼らの見ているであろう前方が映し出される。

場所は会議室のようだったが、おそらくはどこかの葬儀会館であろう、と考え直す。白い菊の花に囲まれた遺影は自分のものだ。響く念仏の声。鯨幕の張られた壁。そして、部屋の中央には、大きな大きな白い棺。

（あちゃあ……優希、姉ちゃんデカくてごめん。棺桶も死装束も、絶対に特注サイズだったんだろうなあ……結婚式の色留袖も、せっかく取り替えてもらったのに無駄になっちゃったくらいだし？）

――そして、やっぱり死んでいたんだなあ、と。

わかりきっていた事実だけれど、こうも目の前に突きつけられては。いよいよ確定だと思い知る。

（はー……つらい。ワンチャン生き返りの可能性はゼロ、と。……なぁんて言っても、こりゃしょうがないわ。あっはは、死体が荼毘に付されちゃね！）

もちろん残念ではないとは言わないが、むしろ宙ぶらりんの事態から真相が明らかになって、「ようやく諦めがついた」とスッキリもしていた。

それに、「自分の葬式の風景なんて、よもや見ることになるとは思わなかったよね……」などと、非常に他人事というか、現実逃避じみた感想まで浮かぶ。

画面のシーンは焼香の段になったらしく、見慣れた顔が沈痛な面持ちでパイプ椅子から立ち上がっては、一礼して遺影に向かって並ぶ。

『な、鳴鐘ゼンパイぃ……! なんで、なんで死ぬんすか! 殺しても死なないって言ってたじゃないですかぁあ……‼』

（た、田中くん⁉）

見覚えのありすぎる後輩が悄然と肩を落として焼香していると思ったら、突然わあっと泣き叫ぶので、呉葉はぎょっとしてしまった。あと、そんな台詞一切言った覚えない。

『ううっ、オレのせいだぁ！　オレが変なこと言ったからですか⁉　まあ寝取られ被害者の会は……実際にあるしオレも入会したけど、……みんな本気で恨んではないんです！　お願いですから戻ってきてくださいよぅ！　センパイいないと……つまんないじゃないですか！』

（いや、その会って実在したの⁉　そしてきみは本当に入ったの⁉）

突っ込みつつも、あまりに落ち込んでおいおい泣きむせぶ後輩を見ていると、「大丈夫だからもう泣かなくていいよ」と声をかけてやりたくなる。

しかし、そこですかさず「なんですってぇ⁉」「こんなことになったのは、さてはあんたたちがそんな変な会作ったからじゃないの⁉」「この野郎よくもあたしたちの鳴鐘さんをぉ！」と、焼香の順番待ちをしていた女性社員たち――さりげなく見覚えのない顔がいくつか交じっているのが怖い――が我先にと彼に飛びかかり、般若の形相でその胸ぐらを摑んだり後ろ頭を張り倒したりし始めたので、一転して場は騒然、阿鼻叫喚のるつぼと化した。待って。みんな、できたら静粛に見送って。当の故人としては頭を抱えるばかりだ。

　仲の良かった同期や他の同僚たち、評価してくれた上司や慕ってくれた部下たち、学生時代からの友人たち。なんだかんだとみんな、目を赤くしたり、涙をハンカチで押さえて参列してくれている。

（んー、と。……これは、なんていうか。なんなんだろ……）

　自分の遺影に向かって真摯に手を合わせて冥福を祈ってくれる、自分の遺してきた人々の様を目の当たりにして。呉葉は思わず泣き笑いになる。

（なぁんだ。ふふ。……私、結構いい人生、送ってきてたんじゃない？）

　仕事と武術と家族のためだけに日々奔走した、彼氏なし期間イコール年齢の、享年二十九歳。死因は、見ず知らずの子を助けての水難事故。

　字面にすると身も蓋もないけれど。

（イザークの言うとおりだ。私の二十九年は、からっぽなんかじゃなかった）

うん。……こんなにたくさんの人が悲しみ、嘆き、惜しんでくれるなら。そして、死ぬ間際まで守るべき信念を見失わずにいられたのなら。

　どうしてなかなか、そんな生涯も悪くないじゃないか。

『おねえちゃん、ごめんなさい。助けてくれてありがとう』

コマ送りで映し出されていくモノクロの葬儀風景の中で、母親らしき女性に肩を抱かれながら、棺に向かって俯き涙をこぼしているのは、頭に包帯を巻いた女の子だ。

(あ！ ひょっとしなくても、あの溺れてた子じゃない！ よかったぁ、ちゃんと助かってたのね)

呉葉は、思わずほっと胸を撫で下ろす。

だが、喪主として参列客を見送る、落ち込んだ様子の弟に、『あたしのせいで……』と申し訳なさそうに頭を下げる女の子と母親とを見て、ぎゅっと胸が痛くなる。

『いいんです。どうか気にしないでください。きみが助かって、姉も喜んでいるはずです。……そういう人だったんです。いつでも誰かのために、ためらわず自分を投げ出せるような……』

首を振ってそう言いながら、優希はどうにか笑顔らしきものを取り繕おうとして、結局声を半ばで詰まらせてしまった。

『姉ちゃん、あんまりだよ。やっぱり、人のことばっかりじゃないか。全然、恩返しさせてくれやしなかった』

やがて独り言のように呟いて、優希は袖口で目元を押さえる。寄り添っていた婚約者がその背をさするが、彼女もまた、ショックから立ち直れずにいるのか声もない。

優しい子たちだ。呉葉は目を伏せた。

（いいのよ二人とも。……気にしないでいいのに。私は満足してるから）

どうしようもない気持ちのまま、しばらく水鏡を見守っていると、また場面が切り替わった。

今度は、葬儀の数日後らしい。

そこでは衝撃の事実が発覚した。

弟と婚約者は、当然結婚式は中止、入籍も保留。それどころか、なんなら結婚そのものが立ち消えになってしまいそうな状況であること。

『ごめん。姉ちゃんがこんなことになって……僕だけ幸せになんて、とてもなれないよ……』

『わたしも……』

ずっと眠れずにいるためか、互いに目の下をクマで青黒くしながら。道場にある呉葉の部屋で、姉を悼みながら難しい面持ちで不穏な内容を話す弟たちに、どうせ聞こえないことをわかっていながらも、呉葉は叫ばずにはいられなかった。

「ええ⁉　だめだめだめだめ、それはダメだって⁉」

慌てて水鏡の前に座り込んで懇願したが、やはり向こうに届く様子はない。

なんなのこれ、どうせなら一方通行のテレビじゃなくて、コメント機能がある動画サイト仕様ならよかったのに！　などと憤慨するが、文句を言おうがどうしようもない話である。

『そもそも僕がいなきゃよかった。僕のせいで姉ちゃんは、ろくに自分の幸せも見つけられなかったんだ。こんなのってない。こんなのって……』

何せ二人とも、突然すぎる姉の死に、バッコベコに凹んで目も当てられない。そして、どんどん悪い方向に思考を向かわせていくのだ。

「やめてよ……」

たまらなくなって、呉葉は頼んだ。

「姉ちゃんは……私は大丈夫だからさぁ。ちゃんと自分の人生を私なりに楽しんだし、何よりも他でもない優希が弟でいてくれて、幸せだったのよ。あの女の子を助けて死んだのも、私の選択。本望だし、後悔もない！　あなたたちが気にすることじゃない」

届かないとわかっている。

「あなたたちは、あなたたちの人生をちゃんと楽しんで生きて。なんなら結婚式も気にせず挙げて。幸せになって。それが私の望みだから」

それでも、叫ばずにはいられない。

「あーもう、まどろっこしいなぁ!?　あんたたち、早く気を持ち直して、とっとと幸せになれっつってんの！　でなきゃ、心残りすぎて私が成仏できないでしょー!?」

実際は成仏どころか、世にも高貴なお嬢様に転生しているわけだけれども。数奇な運命にも程がある。

なんて、地団駄を踏みながら──声の限りを尽くしていると。

『……？』

ふと。

水鏡の中の優希が顔を上げた。キョロキョロと周囲を見回す彼に、婚約者が怪訝そうに首を傾げる。

『優希くん、どうしたの？』

『今、姉ちゃんの声がしなかった……？』

『え……』

はっとしたように目を瞠ったのち、婚約者は声を落とした。

『あ、……わたし、空耳かと……』

『……きみも聞こえた？　なんて言ってた？』

『えと……早く気を取り直せとか。私が成仏できないでしょ、とか。……ごめん、わたし不謹慎だったよね』

『あは、……』

しどろもどろになりつつ答える婚約者に、弟はクシャッと泣き笑いの表情を浮かべた。

『奇遇だね、……僕もなんだ』

そうして、二人を映す水鏡は、そこからパッ、パッ、と急速に切り替えを早めていった。

四十九日が明けた頃から少しずつ表情が晴れてきて、悲しみと疲れにどっぷりと浸かっていたような自失状態からは、次第に回復していく。

結婚式に関してはまだ決心がつかないようだが、二人で役所に婚姻届を出すところは確認できたので、一部始終を見守りながら、呉葉は思わず「よし！」とガッツポーズをキメる。

そして、道場を守りながら二人でつましく生活をしているシーンが、数カ月、数年と、飛ばし飛ばしで紹介されたあと。

『ねえ、今日検査に行ったらね。お腹に――』

弟の婚約者から今は義妹になった彼女が、満面の笑顔で弟に報告しているところで。

絶え間なく映像を流し続けていた水鏡は、唐突に、ぷつりと中継を止めた。

揺らぎのない水面には、美少女の姿よりも馴染みのある、自分のそれが映っているばかりである。

（……――よかった）


果たして、これは自分の願望が見せた、ただのまぼろしなのか。

そうでなければいいと願いつつ、呉葉はほっと息を吐く。

（よかったぁ。ほんとこれで、思い残すことが何もない……）

甥っ子でも姪っ子でも、絶対無事に生まれてくるんだぞ！　などと。握り拳で祈りつつ、呉葉は彼らの将来に思いを馳せた。不思議と「もう大丈夫」という確信がある。

そうして、感慨を胸に、ぼんやりと消えてしまった水鏡を見下ろしていると。


「呉葉さん」


すぐ背後から、高く澄んだ声がして、はっと呉葉は顔を上げた。

振り返れば、数歩ほどの距離を開けて、このところ毎日鏡で見ている姿がある。

「……クレハちゃん？」

青ざめて見えるほど肌の白い、西洋人形のような顔立ちも、華奢で小柄な体軀も。淡い金色の髪も、スミレ色の瞳も同じはずなのに。生まれながらの可憐さ、清楚さが滲み出るかのようなその佇まいに、「やっぱり、本物はしっくりくるなあ……」と呉葉は苦笑いした。なんちゃって付け焼き刃公爵令嬢の自分とはえらい違いだ。

呉葉に向かって儚げな笑みをふわりと浮かべると、クレハは最初に出会った時と同じリネンのワンピースのスカートをつまんで、優雅に一礼した。

「ありがとうございました。呉葉さん。ジョアン・ドゥーエを捕まえて、わたくしの仇を討ってくださって……」

「ううん……いいよ気にしないで」

その所作一連があまりに自然で美しいので、ぽうっと見惚れながら心ここにあらずな返しをすると。ふと彼女は、表情を曇らせた。

「わたくしの勝手で、無理やりあなたに身体を託してしまってごめんなさい。前はあまりに時間がなくて……きっとわからないことだらけで、さぞかし混乱されたでしょう？」

しんみりした調子でそんなことを言われるので、呉葉は慌てて「いやいやいや」と手を振った。

「むしろごめんね、クレハちゃんの大事な身体を勝手に酷使しまくっちゃって。あなたはお嬢様だし、身体は借り物なんだから、もうちょっと大事に扱わなきゃいけなかったのに。派手に乱闘までしちゃったし、イザークには中身バレたし。最後とかテオバルトお兄さんビックリさせて卒倒させちゃうし……」

確かに「引き継ぎが足りない！」とは口癖のように言っていたが、いざそうして畏まって謝罪など受けると「滅相もない」という気になってしまう。むしろ、前任者の引き継ぎ不足を盾に、好き勝手やりすぎたのでは……と後ろめたい心地になっていた。

（おお……自分で言っといてなんだけど、こうして列挙すると罪状が激しい）

しょんぼりしつつ、視線をさまよわせて首の後ろを掻く呉葉とさかしまに、「ふふ」とクレハはほのかに楽しげな笑い声をこぼす。

「いいえ。実は、ちょっと……いえ、かなりスカッとして、心地好かったんですの！　わたくしと同じ姿と声をして、あなたはイザークお兄さまと一緒になって、あの恐ろしい毒殺魔を倒してしまったものだから」

うっとりと頬を染めて両手を組み合わせ、クレハは熱っぽく語った。

「ええ、クレハちゃん全部見てたの!?」

「はい。途中、ジョアンが化け物に変容した時はどうなることかとハラハラしましたわ。でも実は……不躾ですけれど、きっとあなたなら大丈夫だからとワクワクもしていて……それで、本当にやっつけてしまうのですもの！　ドレスを翻して戦うあなたの凛々しさといったら！　ああ、とってもとってもかっこよくて、素敵でしたわ！」

惜しみない称賛を贈ってくれるクレハに、思わず「いやあ、それほどでも」と呉葉は照れる。

そんな呉葉の元に歩み寄ると、そのゴツい右手を小さな両手でそっと包むように取り、クレハは首を振った。

「……こんなことを言ってもいいのかわからないけれど。でも、……呉葉さん。託せたのがあなたでよかった。ありがとうございます」

「ううん、お礼を言うのはこっちよ！　私が死んでからの優希たちのその後を見せてくれたの、あなただよね？　ありがとう。おかげで、私も心残りが消えてスッキリできたよ」

「いえ……あなたに受けたご恩に報いようにも、こんなささやかなことしかできなくて。心苦しいばかりですわ……」

相変わらず申し訳なさそうな様子のクレハに、呉葉は苦笑してしまった。それにしてもこうして実際に比べてみると、自分の指とこの子の指では、太さと強靭さがまったく違う。脂の乗ったサンマとしらす干しくらい違う。

（うふふ。クレハちゃん、いい子だなあ）

さっき、優希たちの近況や未来を見せてもらえたこともあって、多少頭がほんわかぱっぱでハッピーなことになっているらしく。

非現実的な状況にもかかわらず、呉葉はなんともあったかく、浮き立った気分だった。口笛でも吹きたいくらいには。

（そっかそっか。……なぁんだ。よかったぁ。ほっとしちゃった）

そして、クレハの包み隠さぬ本音を聞いて、改めて思う。

（ひと様の体で、やりたい放題さんざっぱら勝手をしてしまって申し訳ないって、ずっとクレハちゃんに対して思ってきたけど。この子も同じ気持ちだったんだ。それじゃ、なんだかちょっと安心だなあ……）

何より、本物のクレハの魂が戻るまでと気を張ってきたけれど。

こうして彼女が現れたということは、いよいよその時が来たということだろう。

自分はこのまま天に召されるのだろうか。割と清廉潔白に生きてきたつもりだし、地獄行きではないと信じたいところだ。

つらつらと取り留めなく、己の今後に想いを馳せ。呉葉はニコニコしながら、何げなくクレハに確認した。

「で、こうしてあなた自身が戻ってきてくれたってことは、私はこれにてお役御免ってことでオーケーなのかな？」

「いいえ」

当然イエスが返ってくると信じていたので、その答えに、呉葉は目を見開く。クレハは寂しげに首を横に振った。

「わたくしは戻れないの」

「え……⁉　なんで⁉　それじゃ、いつになったら戻ってこられるの⁉　いくらなんでも身体の借りパチとかダメでしょ⁉　せめてバクっとしたのでいいから予定教えといてよ！

これレンタルなの、リースなの⁉」

「れ、れんた……？　ごめんなさい。おっしゃることの意味は存じ上げないのですけれど、わたくしには、本当に戻る予定はございませんの。だって、わたくし自身はあなたと同じ。もう、死んでしまったのだもの」

「待って待って。いや、……困るよ！　だってあなたの身体で、人生なのに！　私、そんな大事なものを預かったまま、これからどうしたらいいの⁉　クレハちゃん、あなた本当の本当に戻れないの⁉　ねえお願い、テオバルトお兄さんだって本物のあなたを待ってるんだよ！」

先ほどまでのほんわかあったかな夢見心地から、一転してオロオロとうろたえにうろたえる呉葉に、クレハはふと思案する様子を見せる。

「そうですわね……もし、まだわたくしのお願いごとを聞いていただけるとすれば。勝手をもう一つ申し上げるようですけれど、あなたがさっき弟ぎみにおっしゃったとおりですのよ」

「え？」

どういうことだ、と目を瞬く呉葉に、クレハはいたずらっぽく微笑んでみせた。

「逝った者の願いは、残された人々の幸せだけ」

「え……？」

「本当のことを申し上げますわね。わたくし、ただ生活することもままならないほど病弱だったから。ずうっと、貴族社会でも『死に損ないのメイベル家の恥さらし』だと馬鹿にされていて。テオお兄さまは、わたくしの名誉のためにそんな人たちと対峙してくれたけれど……それもまた申し訳なくて、歯がゆく哀しかった。守ってもらってばかりだと」

　貴族の女性にとって最大の役割は、名のある嫁ぎ先を見つけ、子を産み血をつなぐこと。そんな常識がはびこる世の中にあって、「生きているだけで尊い」とは詭弁に過ぎない。

「わたくしの弱い魂ではお兄さまの役に立てない。だから、わたくしの魔力に耐え得るほど、強い魂を持つかたに身体を託せたら、きっと本来の〝メイベル家の息女〟としての本分を全うしていただけるかもしれない。そんな風に思っていたのですわ」

「クレハちゃん……」

　生きるだけで必死なのに、それすら否定されながら過ごしてきたという、痛ましいその告白に。顔を歪める呉葉に、「でも」とクレハは首を振る。

「今は違いますのよ。もう、どうでもいいの。公爵令嬢としての使命なんて。だって、……異世界から来て、しがらみに囚われず生きるあなたは輝いていた。自らの拳で戦う姿は素敵でした。わたくし、今はただ、あなたが信じて進む道の、その先を見たい。わたくしを、クレハ・メイベルを、あなたの未来にどうか連れていって」

やりたいことをして。どうか心のままに生きて。

「わたくしの代理ではなく、ご自分の二度目の人生だと思って、幸せになってくださいませね」

――そうしてくださらないと、わたくし心残りすぎて『成仏できない』のでしょう？

ファンタジー世界の公爵令嬢らしからぬ、現代日本めいた言い回しに、呉葉が不意を突かれた瞬間。花のかんばせにとびきりの笑顔を満面に広げ、そっとクレハは握っていた両手を離す。

「あ」

その途端、青い世界がグルンと歪み。

みるみるうちに、クレハの姿が露草色の霞の奥にかき消されていく。

「待って……！」

遠ざかっていく華奢な立ち姿に。こちらを、少しだけ悲しげな微笑みを浮かべて見つめ、手を振る彼女に。

もうどうやったって、何を言ったたって戻ることはできないのだと、悟ってしまって。

「幸せに、なるから」

あらん限りの声を張り上げ、呉葉は叫んだ。

「あなたが見守ってくれていると思って！　幸せになるから！　あなたを、――クレハ・メイベルの人生を！　幸せにしてみせるから」

だからどうか待っていて。

いつか、本当にこの第二の生を全うし、あなたのところに逝くその日まで。笑顔で会えるように、頑張るから。

足元が抜けて、床ごと崩れ落ちるような浮遊感があり。

――そこで、はっと目が覚めた。

ちゅんちゅん……。

いつかと同じく、のどかなスズメのさえずりが響いてくる。

薄紅色のカーテン越しに差し込んでくる朝の光に目を細め、呉葉はゆっくりと身を起こしてみた。

いつものベルサイユ調の自室ではなく、見慣れない色のカーテンのベッドだが、小部屋ほどの大きさがあるのは同じだ。こういう部屋で目覚めるのもすっかりお馴染みだなあ……と、しみじみ我が身を顧みる。

（あ、そっか……ピクニックのために遠出していたんだものね。テオバルトお兄さん、公爵家が持っている別荘に一泊するって言ってたっけ……。ってことは、ここはその別荘の一室？）

状況からしてどうも今の自分は、クレハ・メイベルを続行中らしい。

そしてやはりというか、自分の指は白く繊細なジャコフィンガーのままだった。座高の低さも、そろそろ慣れたものだ。

（それにしても。えーっと……今のは、夢……？）

先ほどまで見ていた、不思議な青い夢のかけらを拾い集めるように。呉葉はパチパチと瞬きを繰り返す。

まるで、夢ではないかのように。本当にリアルな光景だった。

一つ一つの瞬間、交わした言葉のすべてを、くまなくありありと思い出せる。

（優希が出てきて、結婚式は中止になったけど入籍はできて子どもも産まれそうで……あと。本物のクレハちゃんと話せた）

そして結局、彼女にこの身体を返すことはできなかった――けれど。

（本格的に第二の人生晴れてスタートってことで……いいのかな……？）

病弱で薄幸な公爵令嬢に、「あとは任せた」と頼まれた。

『幸せになって』

最後の最後に、ただほんの少しの偶然で魂が交差しただけの、赤の他人であるはずの自分に。体を譲るばかりか、幸あれと願ってくれた。その心に報いたいと思う。

（ありがとう、……クレハちゃん。約束、守るからね）

いつか、また会う時まで。

よく考えれば、本格的にひと様の残りの人生を託されるという、「負荷上がってない？」な現状だが。むしろ肩の荷物が下りたような気持ちになっている自分に気づき、「我ながら現金！」と呉葉は思わず苦笑した。

（幸せに生きるために、さあ、これからどうしようかな。……とりあえず、自室でできる筋トレでもしようっと！）

部屋の中で「うーん」と大きく伸びを一つ。

いよいよ起き出すべく、呉葉はベッドを囲うカーテンに指をかけた。

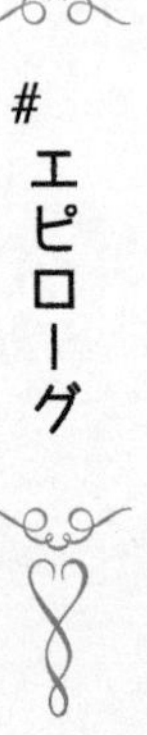

エピローグ

ジョアン・ドゥーエとの戦いのあと、呉葉は四日も寝込んでいたらしい。

――というのは、妹の目覚めの気配をいち早く察知したテオバルトが、慌ただしく部屋に駆け込んできたため判明したことである。

おかげで筋トレは未遂に終わったが、またしても顔からもろもろの汁けを出しながら「僕がお前に無理をさせたから……」と悄然と肩を落とすテオバルトを慰めるのも、普段なかなか使わない筋肉を使った気がする。脳みそとか。

そして、呉葉の様子がすっかり回復しているのを見立てると、気を取り直してモノクルを眼窩に押し当てた彼に、今度は「一体どういうことだったんだ」と質問攻めに遭ってしまった。

「お前の姿がいきなり見えなくなって慌てて捜していたら、今度はイザークまで目の前でパッと煙のように消えてしまった！　驚いて兵や使用人を総動員しているうちに、何もないところから二人とも現れて……しかも、ドレスは破けてぼろぼろの姿でだ！　お前たちの他に、不気味な風体の男が出てくるし、それも泡を吹いて気絶しているし」

心臓が止まるかと思った……と。

はあ、と深いため息をついて、ベッドに半身を起こす妹の白い手を握り、額に押しつけるテオバルトに。

いよいよ申し訳なくなって、「ご、ご心配をおかけしました……」と呉葉は視線を泳がせた。まさか、「凶悪犯と乱闘をしていたもので」とはまかり間違っても言えない。

「その、ごめんなさい。わたくしったら気を失って、何も覚えてなくて……きっとイザーク……じゃなくて、イザークお兄さまが助けてくれたんです……たぶん？」

しらばっくれつつ病弱ムーブでどうにか乗り切ろうとしたところで、はっと思い出す。

「そうだ。イザーク……お兄さまは？」

「大丈夫だ、命に別状はない」

その言い方に引っかかるものを覚え、呉葉は「何かあったのですか」と思わず身を乗り出した。

「いや、毒煙による腕や背中の爛れがひどくてな。ところどころ、合成獣の咬み傷も受けていた。……あいつの炎の魔術の腕なら、自分に降りかかる危険くらい払えるはずなのだが、珍しくヘマを踏んだそうだ」

そんな軽口が叩けるくらいだからきっと問題ない、と笑うテオバルトに、呉葉は唇を噛む。

(ううん、違う。私のせい。私を庇ったからだ)

その証拠に今、呉葉にはほとんど目立った傷はない。あの時、毒息の攻撃はほとんど気にせず戦うことができた。

——毒のひと吹きもお前に届かせないから、後ろは気にすんな。

彼は言葉どおり、身を挺して呉葉を守ってくれたのだ。

(イザーク……ありがとう)

ぎゅうっと胸が苦しくなる。

心臓を締めつけるこの気持ちは、なんだろう。申し訳なさはもちろんあるが、それだけではない。切なくて、じれったくて。でも、嬉しくてあたたかくて、少しだけ、甘い……？

(これは、何？)

妹の表情に、何か察するところがあったらしい。テオバルトは慌てたように話題を変えた。

「まさか、あのお前たちと同時に現れた男が、にっくきジョアン・ドゥーエだとは思ってもみなかったが」

「ジョアンは……？」

「無論、厳重に捕らえてあるぞ。王都の憲兵に突き出す前に僕たちのほうで尋問をして、お前に毒を盛るよう指示したのがハイダラ帝国第一皇子の息のかかった者だということも吐かせてある。刺客どもの居場所も突き止めて、そちらも確保できた」

予想よりも迅速に事態は動いていたらしい。

「イザークお兄さまはどちらに？」

「いち早く王都に戻って、女王陛下と話をしているはずだ」

よりによって永年友好条約を締結してまだ七年のエーメの公爵令嬢を暗殺しようとしたことは、ハイダラ帝国の内部事情とはいえ、国際問題に発展して然るべき大事件だ。

「女王陛下と密に連絡を取り合いつつ、今後の処遇を決めることになるだろう」とテオバルトは難しい顔で締めくくった。

イザークにとって悪い方向に話が転ばないといいけれど……と呉葉は心配になったが、そのあたりは女王は割と融通の利くお方らしく、「ジョアンを直に捕らえた手柄があるから、あいつに累は及ぶまい」というテオバルトの言葉を信じたいところである。

「僕もあいつも、降って湧いた雑事が累積してしまったからなあ……が、そろそろ一度見舞いに来てもおかしくはないぞ。お前の様子が気になるからと、こちらに顔を出してくれることになっているのでな」

「そうなんですか！」

（それなら、私たちが王都に戻ったほうが手っ取り早いかもしれないなあ。とにかく、イザークに会ったらお礼を言わなきゃね！）

　顔を明るく輝かせる呉葉に、テオバルトはしばらく眉間にしわを寄せていたが。

「なんだかお前たち、また僕に隠しごとをしてはいないか？」

　不意にそんなことを尋ねてくるので、呉葉はドキッとした。

「い、いいえ？　何もっ？」

「……そうか？　本当か？　嘘だとしたらお兄さまは寂しいぞ？　きっと泣いてしまうからな？」

「ですから何も⁉　いやですわテオお兄さまったら、おほ、おっほほ……」

　盛大にしらばっくれつつ上擦った笑い声をあげる呉葉に、片眉を上げつつ。

　妹の顔をじっと見つめて、テオバルトはおもむろにため息をついた。

「クレハ。僕はお前の兄だ。――何があってもそれは変わらない」

「……？」

「だから、困ったことや悩みごとがあれば、なんでも言ってくれて構わないのだぞ？　僕はいつでもどこでも、お前の唯一の兄で、一番の味方だからな！」

　真摯な色をアイスブルーの双眸に浮かべて、テオバルトは呉葉の顔を覗き込んだ。

（……）

　思いがけない申し出に、目をぱちぱちと瞬いていた呉葉だが。

「……はい、『テオお兄さま』！」

なんだか温かい気持ちになり、笑顔で頷いた。

（まだ本当のことは、とても言う勇気が持てないけれど）

死ぬまでにはいつか真実を告げられたらいいな、とそっと思った。

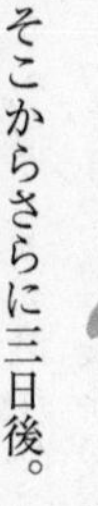

そこからさらに三日後。

避暑地まではるばる遠征してくれた爺で侍医のジイーンの見立てにより、体調が落ち着いたということで、メイベル公爵邸に戻ってくることができた呉葉だ。

ただし、またまた兄の心配性過保護が炸裂し、懐かしの自室軟禁に逆戻りしてしまった。「いや元気なんですけども……」と思いつつ、テオバルトが胃を痛めるほど妹の身を案じているのがわかっている手前、大人しく従うしかない。

そんなこんなでほぼ寝てばかりで著しく暇をしていたが、今日はやっと身辺が落ち着いたイザークが来てくれると聞き、朝からウキウキしている。

何か土産を持っていくから、とイザークは言っていたらしい。気を遣わなくていいのにと思いつつ、彼の差し入れは美味しくてボリュームがあるので期待してしまう。この時点で予想は食べ物一択である。

体質上、回復のためにはたくさん食べなくてはいけない呉葉だが、「お嬢様は本調子ではないことですし、お腹にやさしいものを」というメイドたちの気遣いにより、ミルク粥や白パン尽くしの病人食生活が続いているのだ。おかげで、いつ腹の猛獣が唸りだすかと日々戦々恐々としている。後生ですから肉を、どうぞ肉をお恵みください。

（えーと、テオバルトお兄さんとちょっと話してから、部屋に顔を出してくれるって言ってたっけ）

肉類への渇望はさておき。

呉葉は呉葉で、メイドの皆さまが何くれとアドバイスしてくれたおかげで、彼好みのとっておきのお茶だったり、好物のお茶受けだったりを準備することができた。

「早く来ないかな、イザーク」

なんだか、あの澄んだミントグリーンの目を思い浮かべると、無性にワクワクする。

弟のようで弟ではない、同僚でもないし部下でも上司でもない、型にはまらない関係の、年下の青年。

化け物の吐く毒の息から彼が炎の盾で守ってくれなければ、呉葉はジョアン・ドゥーエを倒すことはとてもできなかっただろう。

（考えてみれば、……今まで、イザークみたいな人って周りにいなかったかもしれない）

弟の優希は守る対象だったし、会社の仲間たちとは目的は同じとはいえ、基本的に仕事が先行するビジネスライクな共益関係だった。気兼ねなく話せる友人たちはいたけれど、肩を並べて戦える人はいなかった。そもそも実戦向けの武術をたしなんでいる人間がほぼ皆無だったのだ。

従ったり従えたりするわけではなく。守るか守られるかに偏るでもなく。同じ方向を見て、同じものに向き合い。拳をぶつけ合って互いを労える相手というのは、——とても新鮮で、くすぐったい。

（少なくとも友達……ではあるんだけど。なんていうのかな、背中を預け合った戦友？　秘密を共有する仲間？　それとも、テオバルトお兄さんを騙している意味での、一種の共犯者？）

あの時、——迷いなくジョアン・ドゥーエの手足を刎ねようとした彼の、ほの暗く冷たい一面が、気がかりではないわけではない。けれど、それ以上に知りたいと願う。彼のことを、どんなことでも。もっとたくさん。もっと深く。

ああ。

顔が見たい。軽口を叩き合うのが楽しみだ。

早く会いたいなあ、と。

ふふっと笑みをこぼしつつ、呉葉は客人の来訪を待ち侘びるのだった。

一方、呉葉が自室でイザークを待っているのと時を同じくして。

「妹を守ってくれたこと、改めて礼を言わせてくれ。ありがとうイザーク」

「なんだよ兄弟、いいって！　改まることでもない」

「そうはいくものか。これは礼儀だイザーク」

メイベル邸の客間で、イザークはテオバルトと向かい合って語らっていた。

対面で置かれた、細緻な花模様が織り出された絹の長椅子に腰掛けて、ローテーブルに置かれた色とりどりの菓子を前に、珍しい香草茶を傾けつつ。

両膝の間に頭が入り込む勢いで、ガバリと白銀の頭を下げたテオバルトに、イザークは気まずくなって視線を明後日の方向に向けてしまう。

（っていうか、俺は守ってないし……ジョアンを倒したのは、ほとんどクレハ単身の活躍だからな。だってのに俺が礼を言われると……すっごく首がかゆい！）

そう。あの時のクレハときたら、本当に素晴らしかったのだ。

己の持っている魔法の特性を活かして、化け物と化したジョアンの硬い鱗を剝がすという奇策には息を呑んだし、最後に力技でぶちのめしてしまった光景は、正直、――痺れたというほかない。

（あんなに背中のかっこいい女なんて初めて見た）

思い出すと、いまだにドキドキと鼓動が速まる。

彼女に比べて、自分のやったことといえば、せいぜいが炎を使って彼女に降りかかる毒息を払い除けるくらいだったのだ。情けない。

クレハと示し合わせてその正体を隠していることも手伝って、親友に頭なんて下げられると、それはもう心苦しい。

（クレハ嬢はほんとにただ妹みたいな存在で、それ以外に何か感じたことなかったけど……なんだろ。クレハの方は、ちょっと、じゃなくてかなり……違う）

認めてほしい。そのスミレ色の瞳に映してほしい。

頼られたい。力になりたい。

テオバルトではなく、自分こそが。

（あー……こういうの、どう言ったらいいんだ？）

己の心情の目まぐるしい変化に、自分でもこの頃ついていけないイザークだ。

せめて事後処理だけは、自分もできるところを見せたい。そんなちょっとした見栄を張って、昼夜問わず動き回ったこともあり、幸いにしてエーメとハイダラの間に波風が立つのは避けられそうだ。

しかし、一つだけ残念な知らせもある。

「そうだ、テオ。一連の事後の状況なんだけどさ……。開戦派の刺客はみんな捕らえられたとはいえ、ラシッドのやつが黒幕だと確たる証拠を挙げる前に、何者かに牢に忍び込まれて、全員口封じされちまった。しばらく第一皇子の一派を大人しくさせることはできるだろうけど、いつまで保つやらだ」

「そうか……」

「ジョアンの極刑が決まったのはお前も知るとおりだし、その意味ではクレハ嬢の安全は勝ち取れたけどな。ラシッドが手を引いたと完全に安心できる状況には、まだもうちょっとかかりそうだ。……心労かけて悪いな」

ああ参ったなぁ……としょっぱい気持ちになってイザークが眉間を押さえていると、テオバルトはふと頭を上げ、苦笑した。

「先のことまで気にするものではない、イザーク。何にしても、お前が身を挺して妹を守ってくれたのは事実なのだ。……これからも、何があっても、クレハは僕の大切な妹だからな。お前には感謝してもしきれないぞ」

その言い回しと、片眼鏡越しに見る親友の、なんとも不可思議な寂しさを乗せたアイスブルーの眼差しに。

（……テオ？）

イザークはふと感じるところがあり、「なあ、兄弟……」と切り出してみた。

ちょっと嫌な予感がする。まさか中身入れ替わりに気づいてはいなかろうな、などと、ぎくりともした。

「これからも、何があっても、って……いやに変てこな言い回しをするじゃないか。クレハ嬢に何かあったってわけじゃないんだろ？　今も体調は落ち着いてるって聞いたけど」

「ああ、大したことではないのだ！　そうとも、妹は元気にしている。あんな大事件に巻き込まれたとは思えないほどに。ただ……」

「ただ？」

そこで一度言葉を切り、続けてテオバルトはこんな話をした。

「お前がジョアンと戦い、クレハが倒れたあの日。……不思議なことに、クレハが僕の夢に出てきたのだよ」

「……夢？」

眉をひそめるイザークに、テオバルトは目を細めた。

「なんだか、青くて美しい空間だったな。そこで妹には、微笑みとともにおかしなことを頼まれた。『どんなわたくしでも、これからよろしくお願いしますね』と」

「……所詮、夢だよ」

雲行きの怪しくなる話に、イザークは目を逸らした。

けれど。

（このまま俺が黙っていたら、……テオは、一生自分の妹が『死んでしまった』ことを知らずに生きていくことになるのか）

今までなら、「それがどうした」ですませていた話だ。

テオバルトが真実を知ろうが知るまいが、イザークにとっては埒外の話。何も知らずにこの友が幸せに過ごせるなら、別に問題もないのでは？　とでも、迷いなく判断したことだろう。

だが今は違う。

――見返り？　いらないよそんなの。それが人として当たり前じゃない！

初対面時からそう言い放ったクレハとの交流によって、己の中に、かつてなかった感情が芽生えていくのをイザークは自覚していた。

ラシッドとの争いに決着がついたわけではない。油断は命取りになる。

けれど、砂のように乾いた、利害や損得を勘定しながら生きていた頃より、心はずっと潤っている。

そしてイザークは、――今の自分の方が、正直ずっと気に入ってもいる。

（テオが俺を親友だと思ってくれているなら、俺だってこいつに誠実であるべきだ。そして、クレハに嘘をつかせたままでいいはずもない……）

膝の上で、手のひらに汗の滲む拳をグッと握りしめる。「クレハごめん、咎なら全部俺が引き受けるから」と心中で言い置いて、イザークはためらいがちに口を開いた。

「……テオ。ずっと黙っててごめん。実はお前の妹は――」


「中身が別人なのだろう？」


（……え）

まさに口にしようとしていた言葉を、思いっきり先を越されて。

イザークはポカンと口を開いた。

「あ、あの……テオ？　今なんて」

「いや、僕の妹クレハは、もうこの世にはおらず……今あの子の身体に宿っているのは、別の魂なのだろう？　と言ったのだ。イザークは気づいていることも知っていたぞ」

そう言いながら、片眼鏡を押し上げて静かに微笑むテオバルトは、『エーメ王国の叡智』と呼ばれる彼本来の評判に違わぬ様子である。

しばし二の句が継げないイザークだったが、どうにか問いを絞り出した。

「なんで、……いつ気づいた」

「最初から。何せ目覚めたあの子の様子がだいぶ違うもので、身体はそのままでも魂が別人のものに入れ替わったのでは、と察していた。病状がかつてないほどに安定しすぎていることといい、記憶喪失と言い張られても無理があるだろう？　そこから水魔法を使っては、たまにお前たちの話を盗み聞きさせてもらって、事情を正確に把握したのだよ」

「いや、してたのかよ盗み聞き。すんなよ盗み聞き！　何を普通に自白してるんだよ」

「すべて妹を想う純粋無垢な兄心ゆえだ。寛大な心で存分に許すがいい我が友よ！」

「それ断じてお前の言っていい台詞じゃないよな⁉」

「はっはっは！　まったく、薔薇園では内緒話をするものだと、昔から相場が決まっているものよな」

以前のあの子なら、臭気のある白カビのチーズも平気で食べていたしな、といたずらっぽく片目を瞑るテオバルトに、イザークは「あ」と声をあげた。

チーズに咽せたクレハを不審がるでもなく、そういえば彼は慌てて茶を差し出していたのだ。

（じゃあ、あの時にはとっくに……）

「気づいているなら、どうして平気で受け入れているんだ……⁉」

信じられない。

（あんなに愛していたクレハ嬢がいなくなったのに。……まったくの別人に変わってしまったのに）

「お前はそれでいいのか、テオ」

思わず声を上擦らせるイザークに。

「……我が妹のクレハのことは、今でも命より大事だ。まぎれもなくあの子を失ったという事実を突きつけられた時、本当は僕も後を追おうと思わなかったかといえば、嘘になるだろう。もちろん、平気で受け入れられたわけでもなかった」

寂しげに苦笑し、テオバルトは首を振った。

それから、青い双眸をイザークに据え、しっかりと宣言した。

「だが、その命より大事なあの子が、己の命と引き換えに『クレハ・メイベルたれ』と呼び寄せたのが『あの』クレハなら。それはやはり、僕にとってはもう一人の妹なのだ」

「……！」

「何も案ずることはない。僕は今までも、今も、これからも。妹がいちばん大事で、それはひとつも変わらない」

そう結論づけて、テオバルトは深く息を吐いた。

何も言えずに黙るイザークに、「そうだ」と彼は不意に手を打つ。

「この話をしたからには、ひとつイザークには頼みごとをしなければ」

「頼みごと？」

「僕が気づいていること、あの『クレハ』には言わないでやってくれ」

「え」

一拍置いて、イザークは叫んだ。

「なんでだ⁉」

「なんでって。あの子は一生懸命自分なりの『クレハ・メイベル』になろうと努力しているのだろう？　僕が知っているとわかったら、せっかくの励みに水を差すではないか」

「いや、だからってお前な⁉」

「もちろん別の理由もある。あの子にとって、僕こそが最も絆が深く近しい血縁だからな。別人の魂だけを異世界から転移させる魔法の使用など、エーメの魔術史でも類を見ない椿事だ。おそらく、身体と魂の内なる均衡は、非常に不安定な状態にあるはず……同じ屋根の下にいる僕にすら芝居をせねばならない緊張感こそが、あの子の魂をこの世に結びつける一助になっている可能性もあるのだよ」

「！」

「秘密を知る者の範囲も少ない方がいい。目下、……その影響の程度が、明らかになるまでは」

難しい顔で告げられ、イザークは返答に詰まった。

エーメの魔術研究の分野においても、テオバルトは天才と称されるほどの権威だ。その彼が言うのだから、「秘密をテオバルトと共有すること」は、結果を正しく見極めるまでは危険なのかもしれない。

（いや、待てよ。ってことは、クレハとテオ、どっちもそれぞれに正体を隠してるとか知ってるとか秘密を持ってて、それを俺だけで守ってろってことか⁉）

どう考えてもイザーク一人が貧乏くじなのでは――と思い至ったところで。

「それでは、今からぜひクレハの部屋を訪ねてやってくれ！　きっとお前の顔を見たいだろうからな！」

朗らかに親友から肩を叩かれ、イザークはあれよあれよと言う間に客間から追い出されてしまった。

（ああもう、兄妹揃って俺に厄介な頼みごとしやがって！）

まったく、七面倒くさいことになった。でも、それよりずっと問題なのは。

（……彼女の正体、俺だけの秘密じゃなくなったのか）

悔しい。せめてクレハには絶対悟られたくない。

ため息をつき、イザークは肩を竦めた。

◆◆◆

「いらっしゃいイザーク！　なんか疲れてない？　大丈夫？」

「大丈夫だけど大丈夫じゃない……」

昼過ぎに訪問してくれたイザークは、いつもどおり輝くばかりのイケメンではあるが、どこかげっそりと疲れ切っているように見え、呉葉は首を傾げた。

(忙しかったのかな?)

「とりあえず座って座って! これどうぞ。疲れてる時は甘いものがいいって言うよね」

座り心地のいいカウチに向かい合って腰掛けて、ギモーヴに似た彩りのいい菓子を彼に勧めつつ、「ふうむ」と呉葉は唇を引き結ぶ。

「あ、ひょっとして、事件の後始末でバタバタしてたとか?」

ピンときたので尋ねてみると、「まあ、それもある」と頷いて、イザークは事件のその後の経過について教えてくれた。「潜伏していた開戦派の一味は、無事にみんな捕らえられた」という報告に、「これでやっと本物のクレハちゃんの仇を全部討てたわけね」と、呉葉はホッとする。

そのまま普段どおりの気安い雑談に入りかけたところで、——イザークはふと言葉を切って、「……こういうのを言っていいものかだけどさ」と首の後ろを掻いた。

「なんかクレハ、今日はやけに気合が入ってるな?」

「え、このドレスのこと? うん、そうなのよ。とっておきらしくて」

指摘を受けた呉葉は自らの服装を示し、「よくぞ気づいてくれました」と快活に笑う。

細かい銀糸の刺繡がされたミントグリーンのデイドレスは、肌触りのいいシルク製らしい。袖口や襟ぐりに同じ銀糸で編んだ細かなレースが幾重にも重ねてあって、胸元には白いリボンが飾られている。いつもは流したままの金髪も綺麗にハーフアップで結い上げられて、ルビーで拵えた薔薇の髪飾りがあしらわれていた。細い首には、二連の真珠のネックレス。

イザークが来る前に、メイドたちがやけに張り切った様子でぞろぞろ入ってきたかと思うと、呉葉の頭の先から爪の先までピッカピカに磨いてくれたのである。

「ラベンダーのオイルもお風呂上がりに塗ってくれて、今全身からすごくいい香りするの。ちょっとトイレの芳香剤っぽいけど。ほら」

試しに嗅いでみて、と何げなく髪の毛先を正面に座るイザークの鼻先に近づけると、なぜかぎょっとしたようにのけぞられた。そんなにトイレの芳香剤が嫌だったのだろうか。

「あんたはもうちょっと慎みってやつをだな……」

イザークが何ごとかモゴモゴと呻いていたので、「え？」と呉葉は問い直したが、「いや気にすんな」と誤魔化されてしまった。まあいいや、言いたくないなら気にするまい。

「いやあ、でも今日はイザークが来てくれて嬉しいよ！　しょうがないのはわかってるんだけど、自室に籠りっきりだと暇で暇で」

話題の転換を図る呉葉に、「あ、そうだ」とイザークはふと気づいたように、懐から小さな箱を一つ取り出した。

「それで思い出したけど、これ。今日の土産」

いささかぶっきらぼうな調子で突き出すように手渡されたその箱を受け取ると、呉葉は

「ありがと！」と早速ためつすがめつしてみた。白い綺麗な布製の小箱で、金色のリボンがかけられている。

開けてみると、中から現れたのは、白銀の髪飾りだ。

小さな花が連なった中に、エメラルドやアメジストらしき小粒の宝石が散りばめられていて、一目見て高級なものとわかる。

「え、綺麗！　でもすごい高そう！　さすがに申し訳なくない⁉」

「あんたに渡すために作ったものだから、むしろ受け取ってもらわないと困る。……この間、ハンカチをもらったから、その返礼だし」

そう言い置くとイザークは、カウチから立って呉葉の方に歩いてくると、ひょいと手の中から髪飾りを取り上げた。

「ちょっと失礼」

短く断ると、かんざし状の飾りの留め金を外し、結われた呉葉の髪に手ずから挿してくれる。シャラ、と垂れた銀鎖がさやかな音を立てた。

「どうぞお嬢様」

今の呉葉よりも少し日に焼けて肌色の濃い、呉葉よりもずっと大きく節くれた指先が、波打つ金糸の髪をひと房だけ絡め、するりと梳（す）いた。

しばし手遊びのように髪先を弄（もてあそ）んだあと、その指は、やけにゆっくりと離れていく。まるで、触（ふ）れているこの時が、名残惜（なごりお）しいとでも言わんばかりに。

あまりに自然な流れにポカンとする呉葉の手を取ると、仕上げと言わんばかりに、イザークはその指先に唇を落とすふりをした。

そのまま、チラリと上目遣（うわめづか）いにミントグリーンの眼（め）に見据（みす）えられる。その深い碧（みどり）の奥に、炎のような揺（ゆ）らぎを感じた。己を囚（とら）わんとする、灼熱（しゃくねつ）の気配とでもいうべき何かを。

（えっと、……今の？）

今度は呉葉の方がのけぞる番だった。妙に心臓が騒がしい。

そう、なぜなら、彼の仕草にわずかに艶（つや）めいた気配が滲（にじ）んでいた気がして――

（ないない！　きょ、距離（きょり）近いせいだよね！　だって、相手はイザークだし……！）

「は、ハンカチっ？　……ああ、あの術に使ったやつね⁉　き、気にしなくていいのに！　第一、術で使うものならハンカチがいいって言ったのもイザークの方だし！　もう！　……渡し方がキザなんだから！」

からかわないでよ、などと。口早に誤魔化しながら目まぐるしく視線をさまよわせつつ。呉葉はパタパタと熱を持った頬を片手で扇ぐ。

そんな呉葉の様子を黙って見ていたイザークだが、ふとニッと口元を吊り上げた。

「今はそれでいいや。意味を知らないなら受け取るだけで。けど、俺がハンカチをもらったのも、あんたに装身具を贈ったのも、くれぐれもテオには内密にな」

そのいたずら小僧のような笑みを見て、「皇子様がそんな顔していいの？」と噴き出しつつ、呉葉は指先で髪飾りに触れてみた。

ひんやりと冷たいはずの銀のそれは、なぜか、少しだけ熱を持って感じられた。

なお、イザークが去ったあと。

彼が持ってきたエーメ貴族のマナー辞典を眺めていた呉葉が、次のような一文を見つけて奇声をあげるのは、もう少しのちの話である。

――『貴族女性がハンカチを男性に渡すのは、恋心の告白の象徴で。それに男性が装身具を返すと「あなたの気持ちに応えます」という意味になります』……。

Ｆｉｎ．

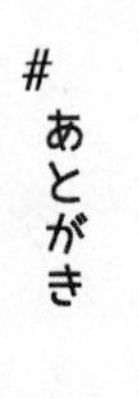

あとがき

本作をお手に取っていただき誠にありがとうございます。

いつの間にか夏が終わり、東京オリンピックもパラリンピックも閉会し……と世相がめまぐるしく移り変わる今日この頃ですが、皆様はいかがお過ごしでしょうか。

ところで。突然ですが、……太りました。

いきなり何を言い出すんだコイツという話ですが、本当に太ったんです。自粛生活しながら美味しいものを貪っていたから、自業自得です。このままでは体重計の針が飛ぶ日も遠くない……と危機感を覚えていると、友人が「筋トレいいよ？」と勧めてくれました。

半信半疑で始めたところ、これが思ったよりも効果覿面でして、今やすっかり筋トレ信者です。何せ筋トレは、やれば確実に成果が上がるので自己肯定感を爆上げしてくれます。

そう、筋肉は裏切らない。筋肉は友達。全人類、いや全生物みんな筋トレすればいいんじゃないかな。筋トレさえしていれば世界は平和でなんなら宇宙人が攻めてきても対話できる気がする。プロテインの全知全能万能感よ。筋トレに栄光あれ。

こんなことを毎日言っていたら、いつの間にか転生ものの筋肉ラブコメ（？）が一本仕上がっていました。明るくスカッと楽しんでいただければ幸いです。

さて遅れればせながら、お世話になった皆様に御礼を。

イラストの南々瀬なつ先生。まさにイメージぴったりで生き生きしたキャラたちに、ラフや完成品が届くたび小躍りしっぱなしでした！　何より、何もかも全てに「上手い！」と圧倒されるばかりで、イザークの中東テイストを加えたデザインがかっこよくて、表紙のクレハの清楚で可憐なのに勝気な表情が可愛くて、もうなんというか感謝感無量です。

非常に忙しい中、いつも的確にご指導くださる担当I様。忙しすぎて冷蔵庫の中で切られないままよくドロドロに溶けているという青ネギの安否が心配です。カット済のネギを使ってはどうかと提案した時の「あれはネギが死んでいる気がする」はけだし迷言だと思います。おそらく溶けてるネギより冷凍カットネギのが死体の保存状態はいいと思います。

いつも素敵なご感想を送ってくださる皆様。あたたかい応援のお言葉は、まさに元気の源です。直に「面白かった」とお声をいただけることの貴重さを、お手紙を開くたび噛み締めています。デザイナー様、校正様、本作の刊行・流通に携わってくださった全ての方々。そして、この本を読んでくださる皆様に。

ありがとうございます。幸運にも、本作はコミカライズも予定していただいておりますので、またそちらでもお会いできますように。

最近締め切りにかまけて筋トレサボりがちでリバウンド待ったなしの　夕鷺かのう　拝

■ご意見、ご感想をお寄せください。
《ファンレターの宛先》
〒102-8177 東京都千代田区富士見 2-13-3
株式会社KADOKAWA ビーズログ文庫編集部
夕鷺かのう 先生・南々瀬なつ 先生

●お問い合わせ
https://www.kadokawa.co.jp/(「お問い合わせ」へお進みください)
※内容によっては、お答えできない場合があります。
※サポートは日本国内のみとさせていただきます。
※Japanese text only

薄幸な公爵令嬢(病弱)に、残りの人生を託されまして

前世が筋肉喪女なので、皇子さまの求愛には気づけません!?

夕鷺かのう

2021年10月15日 初版発行
2023年11月5日 再版発行

発行者	山下直久
発行	株式会社 KADOKAWA 〒102-8177 東京都千代田区富士見 2-13-3 (ナビダイヤル) 0570-002-301
デザイン	島田絵里子
印刷所	株式会社KADOKAWA
製本所	株式会社KADOKAWA

ISBN978-4-04-736805-7 C0193

定価はカバーに表示してあります。

◆◇◇